LORD
RAY SHADE

영주 레이샤드

한승현 판타지 장편소설

FANTASY FRONTIER SPIRIT

영주 레이샤드 5

한승현 판타지 장편 소설

초판 1쇄 찍은 날 § 2014년 8월 22일
초판 1쇄 펴낸 날 § 2014년 8월 29일

지은이 § 한승현
펴낸이 § 서경석

편집부장 § 권태완
편집책임 § 박은정

펴낸곳 § 도서출판 청어람
등록번호 § 제387-1999-000006호
등록일자 § 1999. 5. 31
어람번호 § 제1-1921호

주소 § 경기도 부천시 원미구 부일로 483번길 40 서경B/D 3F (우) 420-822
전화 § 032-656-4452 팩스 § 032-656-4453
http://www.chungeoram.com
E-mail § chungeorambook@daum.net

ISBN 979-11-316-9169-4 04810
ISBN 979-11-316-9036-9 (세트)

LORD

영주 레이샤드

중재하다 **5**

한승현 판타지 장편소설
FANTASY FRONTIER SPIRIT

RAY SHADE

LORD RAYSHADE

영주 레이샤드

CONTENTS

제32장 레이샤드의 중재 Part 1   7

제33장 레이샤드의 중재 Part 2   31

제34장 레이샤드의 중재 Part 3   55

제35장 다크 엘프 카투라   81

제36장 제국 북동부 Part 1   107

제37장 제국 북동부 Part 2   133

제38장 제국 북동부 Part 3   159

제39장 제국 북동부 Part 4   197

제40장 제국 북동부 Part 5   235

제41장 인정받다 Part 1   275

제32장

레이샤드의 중재 Part 1

1

"끄르르르."

피거품을 물면서도 라크마는 침입자의 손목을 놓지 않았
다. 어떻게든 살기 위해 발버둥을 쳤다.

이종족 중에서도 거인족과 더불어 가장 힘이 센 야수족이
다. 그들이 죽기 전에 발휘하는 힘은 상당했다.

본래 야수는 죽음 앞에서 사력을 다하는 법. 라크마가 상식
을 뛰어넘는 악력을 발휘하자 침입자의 얼굴이 괴기스럽게
일그러지기 시작했다.

"제길! 짜증나게 하지 말고 죽으라고!"

침입자의 입에서 퉁명스러운 목소리가 튀어나왔다.

곱상하게 생긴 외모와는 달리 상당히 거칠고 사나운 음성이었다.

"죽어! 죽어!"

침입자는 끝까지 발악하는 라크마가 마음에 들지 않는지 단검에 더욱 체중을 실었다.

그리 크지 않은 체격이었지만 침입자가 몸을 비틀자 푸욱하고 단검이 라크마의 몸속으로 빨려 들어갔다.

"끄어어어."

심장을 찢어발기는 고통을 견디지 못하고 라크마의 눈이 뒤집혔다. 그리고 한참을 바둥거리다가 결국 몸을 축 늘어뜨렸다.

"……!"

레이샤드는 하얗게 질린 얼굴로 라크마의 최후를 지켜보았다.

너무나 잔인한 광경이라 심장이 쿵쾅거렸지만 꿈이라는 사실을 자각하고 애써 침착하게 굴었다.

그러는 사이 침입자가 라크마의 가슴에 박힌 단검을 있는 힘껏 뽑아냈다.

푸아앗!

단검을 따라 핏물이 솟구쳤다. 그 과정에서 라크마의 피가 침입자의 팔에 들러붙었다.

"끝까지 짜증나게 하는군."

살짝 인상을 찌푸리던 침입자가 팔에 감았던 천을 풀었다. 그러자 잿빛 피부에 새겨진 선명한 문신이 드러났다.

침입자는 피 묻은 천을 돌돌 말아 손으로 움켜쥐었다. 그리고는 나직이 중얼거리기 시작했다.

그 순간,

화르르륵!

허공에서 불꽃을 뒤집어쓴 도마뱀 하나가 모습을 드러냈다.

"이걸 태워 버려."

침입자가 피 묻은 천을 허공에 던져 올리며 말했다. 그러자 불도마뱀이 단숨에 천을 집어삼켜 버렸다.

화라라락!

불도마뱀에게 휘감긴 천이 흔적도 없이 사라져 버렸다. 그와 함께 침입자도 천막 안에서 자취를 감추었다.

2

현실로 돌아온 레이샤드는 자신이 본 모든 것을 엘리자베스 일행에게 설명했다.

라크마가 죽는 순간까지 저항해 준 덕분에 레이샤드는 제법 많은 것을 알아낼 수 있었다.

첫 번째는 침입자의 생김새다.

만일 침입자가 평범한 다크 엘프였다면 단순히 얼굴을 본 정도로는 큰 도움이 되지 못했을 것이다.

엘프들은 대개 생김새가 상당히 비슷하기 때문에 인간들의 눈으로 그 차이점을 분간하기가 쉽지 않았다.

그러나 다행히도 침입자의 얼굴에는 상당히 긴 검상이 있었다.

오른쪽 눈 아래에서부터 시작해 광대뼈를 타고 내려가는 상처는 흔한 게 아니기 때문에 침입자를 분간해 내는 데 큰 단서가 될 수 있었다.

두 번째는 침입자의 문신이다.

피 묻은 천을 벗겨내는 과정에서 침입자는 팔에 새겨진 문신을 드러냈다.

제법 복잡한 형태였지만 코앞에서 눈을 부릅뜨고 지켜 본 덕에 레이샤드는 그 문신을 거의 정확하게 기억해 낼 수 있었다.

마지막으로 침입자의 능력이다.

피 묻은 천을 제거하는 과정에서 침입자는 불도마뱀을 불러냈다.

불도마뱀은 엘프들이 주로 부리는 불의 하위 정령의 상징.

결국 침입자는 다크 엘프이며 암살자임과 동시에 불의 정령사라는 이야기였다.

"레이, 수고했어요. 정말 고생 많았어요."

레이샤드의 이야기를 전해 들은 엘리자베스가 만족스러운 얼굴로 고개를 끄덕였다.

꿈을 통해 망자의 기억을 살핀다는 건 결코 쉬운 일이 아니었다.

사전에 엘리자베스가 망자들을 속박했다 할지라도 영적인 세계에서는 무슨 일이 벌어질지 짐작하기 어려웠다.

더욱이 레이샤드의 몸은 어둠의 속성을 지녔다. 덕분에 망자들과 교감하기가 쉽지만 그만큼 망자들에게 휘둘릴 가능성이 높았다.

그럼에도 레이샤드는 살인 사건 해결의 증거를 찾기 위해 최선을 다해 주었다.

그 결과 뷔라와 라크마를 살해한 범인에 대한 윤곽이 드러났다.

"레이샤드 님께서 그려 주신 문신은 검은 불꽃 부족의 상징입니다. 부족원들 전체가 뛰어난 암살자인 것으로 유명합니다."

레이샤드의 문신 그림을 살핀 아르메스가 나직이 말했다.

대륙 북부의 정보 조직들을 장악하는 과정에서 아르메스는 대륙의 수많은 정보를 취합해 왔다.

그리고 당연히도 그 안에 검은 불꽃 부족에 관한 정보도 포함되어 있었다.

"검은 불꽃 부족은 어디에 있죠?"

레이샤드가 기대 어린 눈으로 아르메스를 바라봤다.

"대개 다크 엘프들은 주기적으로 터전을 옮깁니다. 그래서 정확한 거주지를 말씀드리기는 어렵습니다. 다만 아단 산맥 근처에 검은 불꽃 부족이 새로운 터전을 잡지 않았다면 범인은 주변 영지 어딘가에 머물고 있을 가능성이 높습니다."

아르메스가 가볍게 고개를 숙였다.

"그럼 범인을 잡기 어렵겠네요."

레이샤드는 무척이나 아쉬워했다.

마치 범인만 잡아낸다면 아르만 공작가와 바람 부족 사이의 갈등을 해결할 수 있다고 생각하는 듯했다.

그러나 레이샤드의 생각은 순진한 발상에 불과했다.

설사 범인을 붙잡아 온다 할지라도 이제 와 아르만 공작가와 바람 부족이 싸움을 멈출 가능성은 그리 높지 않았다.

아르만 공작가와 바람 부족의 대립은 이미 감정싸움을 넘어 정치적인 문제로까지 확대된 상태였다.

라미레스 후작가가 끼어든 이상 어느 한쪽도 쉽게 물러서려 하지 않을 게 틀림없었다.

정치적인 문제는 결국 정치적인 방법으로 해결해야 했다.

그리고 그 정치적인 해결을 위해 엘리자베스는 레이샤드를 제국으로 이끌었다.

"레이, 범인을 잡는 건 우리에게 맡겨줘요. 대신 레이가 해줘야 할 일이 있어요."

엘리자베스가 레이샤드를 바라보며 말했다.

"뭔데요? 무슨 일이든 할게요."

레이샤드가 잔뜩 의욕을 보였다.

그렇게 아르만 공작가와 바람 부족의 갈등이 새 국면에 접어들었다.

3

다음 날 오후.

레이샤드 일행을 태운 마차가 아르만 공작가에 도착했다.

"어서 오십시오, 레이샤드 님. 제가 모시겠습니다."

사전에 연락을 받고 달려온 아르만 공작가의 집사 로디안이 레이샤드 일행을 정중하게 맞았다.

다소 갑작스런 방문에 당혹스러울 텐데도 공작가의 집사답게 로디안은 아무렇지도 않은 얼굴로 레이샤드 일행을 내성 안으로 안내했다.

"이런 부탁, 실례인 줄 알지만 가능하다면 최대한 빨리 아르만 공작님을 뵙고 싶어요."

레이샤드가 로디안을 따라 나서며 말했다.

폭풍의 용병단 주둔지와 아르만 공작가는 마차로 꼬박 하루거리다.

그러다 보니 격식을 차린다는 핑계로 시간을 지체하기가 어려웠다.

"레이샤드 님의 말씀을 공작님께 전해 올리겠습니다."

로디안이 레이샤드를 향해 정중하게 고개를 숙였다.

만일 다른 이의 부탁이었다면 로디안의 선에서 정중하게 거절을 했을 것이다.

아직 해가 저물지는 않았지만 늦은 시간에 그것도 대귀족(백작위 이상의 귀족)과의 만남을 원한다는 건 예의에 어긋나는 일이었다.

그러나 레이샤드는 영주이기 이전에 제국의 황족이었다.

비록 아베론 영지에 머물고 있지만 제국 황실의 은밀한 주목을 받고 있는 당사자였다.

그래서 아르만 공작도 레이샤드를 귀빈으로 맞으라는 지시를 내린 상태였다.

레이샤드 일행을 귀빈실로 안내한 뒤 로디안은 즉시 아르만 공작을 찾아갔다. 그리고 레이샤드가 만나고 싶어 한다는 사실을 전했다.

"레이샤드 황자가 나를?"

뜻밖의 상황에 아르만 공작이 정보담당관 아넬을 바라봤다.

그러자 잠시 고심하던 아넬이 묵묵히 고개를 끄덕였다.

"레이샤드 님께서 직접 공작님을 뵙기를 청한 것으로 봐서는 긴히 하실 말씀이 있는 것 같습니다. 그렇다면 격식을 따지기보다는 일단 만나 보시는 게 나을 것 같습니다."

일반적으로 귀빈을 맞이할 때는 본래 거창한 연회를 여는 게 순서였다.

레이샤드 일행이 사전에 언질도 없이 갑작스럽게 찾아오긴 했지만 귀빈으로 맞기로 결정한 만큼 최대한 격식을 갖추는 게 예의였다.

설사 따로 논할 이야기가 있더라도 개인적인 자리는 연회가 끝난 이후에 갖는 게 일반적이었다.

특히나 주변 영지들의 이목이 아르만 공작가로 쏠려 있는 이때에 차기 황제 후보로 공공연히 거론되고 있는 레이샤드와 곧바로 만남을 갖는다는 건 괜한 오해를 불러일으킬 가능성이 높았다.

하지만 애석하게도 아르만 공작가는 레이샤드 일행의 방

문 목적을 아직 정확하게 파악하지 못하고 있었다.

그러다 보니 주도권을 레이샤드 일행에게 내줄 수밖에 없는 상황이었다.

게다가 다른 이도 아니고 황족인 레이샤드가 직접 만남을 요청했다.

그렇다면 이 사실을 대외적으로 비밀로 하더라도 따로 자리를 갖는 게 옳을 것 같았다.

"그런데 레이샤드 님이 폭풍의 용병단을 방문한 목적은 알아냈나?"

아르만 공작이 살짝 긴장한 얼굴로 물었다. 그러자 아넬이 송구하다는 듯 고개를 숙였다.

"폭풍의 용병단의 수뇌부와 따로 자리를 가졌다는 것 이외에는 아직까지 들어온 정보가 없습니다."

"폭풍의 용병단의 수뇌부라. 허, 레이샤드 님이 폭풍의 용병단과 따로 인연이 있었단 말인가?"

아르만 공작이 의외라는 표정을 지어 보였다.

폭풍의 용병단의 수뇌는 그조차도 만나본 적이 없었다.

물론 제국의 공작이라는 권위에 비할 바는 아니지만 폭풍의 용병단은 결코 만만히 볼 수 있는 곳이 아니었다.

"그렇지는 않은 것 같았습니다."

"그렇지는…… 않다?"

"예, 따로 알아 본 결과에 따르면 레이샤드 황자와 폭풍의 용병단 사이에는 이렇다 할 친분이 없는 것으로 확인되었습니다."

"흐음……."

아르만 공작은 답답한 듯 미간을 찌푸렸다.

명색이 아르만 공작가에서 아르만 공작령에 들어온 손님의 행적조차 파악하지 못하고 있다니. 그야말로 부끄러운 일이었다.

하지만 아넬도 어쩔 수 없다는 반응이었다.

레이샤드는 지금껏 단 한 번도 아베론 영지를 떠난 적이 없었다.

제아무리 아르만 공작가 정보부의 정보수집 능력이 뛰어나다 할지라도 그런 레이샤드의 행적을 일일이 파악한다는 건 불가능에 가까운 일이었다.

그보다 아넬은 레이샤드가 다른 영지가 아닌 아르만 공작가를 찾아왔다는 사실에 주목했다.

"공작님, 과정이야 어찌 되었든 레이샤드 님과 친분을 다질 수 있는 좋은 기회입니다."

아넬이 상기된 목소리로 말했다.

상대는 황위 계승 서열 3위의 황족이다.

주변의 이목이 부담스럽긴 했지만 레이샤드가 제 발로 찾아와 준 만큼 좋은 관계를 유지해서 나쁠 건 없어 보였다.

"어쨌든 만나보면 알겠지."

애써 생각을 정리한 아르만 공작이 천천히 고개를 끄덕였다.

어쩌면 황위 계승 문제로 인해 자신을 찾아왔을지 모른다고 생각하니 괜히 가슴이 두근거렸다.

그러나 정작 레이샤드의 입에서 흘러나온 말은 예상을 한참이나 벗어나 있었다.

"그러니까…… 폭풍의 용병단을 대신해서…… 오셨다고요?"

아르만 공작이 당혹스러운 얼굴로 레이샤드를 바라봤다.

레이샤드가 폭풍의 용병단을 다녀왔다는 사실은 전해 들어 알고 있었지만 설마하니 그들과의 문제를 해결하기 위해 직접 나섰을 것이라고는 생각지도 못했다는 표정이었다.

"선친께서 폭풍의 용병단과 인연이 있으셨습니다. 그래서 우연찮게 폭풍의 용병단이 난처한 상황에 처했다는 사실을 전해 듣고 부족하나마 도움이 되고자 이렇게 찾아왔습니다."

레이샤드가 미리 연습한 대로 침착하게 말을 전했다.

실제로 하르베스 폐황태자와 폭풍의 용병단 사이에는 아무런 인연이 없었다.

하지만 아르만 공작을 납득시키고 폭풍의 용병단의 대리

인으로 나서기 위해서는 그럴듯한 핑계가 필요했다.

"그러셨군요."

아르만 공작도 마지못해 고개를 끄덕였다.

지금 상황에서 하르베스 폐황태자와 폭풍의 용병단의 관계는 그다지 중요한 게 아니었다.

그보다는 레이샤드가 폭풍의 용병단을 대신해 자신을 찾아왔다는 게 중요했다.

"그러니까 폭풍의 용병단에서 레이샤드 님께 중재를 요청한 모양이로군요."

아르만 공작이 자신도 모르게 이맛살을 찌푸렸다.

레이샤드는 표면적인 이유로 폭풍의 용병단을 돕기 위해 찾아왔다고 했다.

그렇다면 시일의 촉박함을 견디지 못한 폭풍의 용병단이 먼저 도움을 청했을 가능성이 높았다.

하지만 이번 일에 개입을 한 건 어디까지나 레이샤드의 의지에서 비롯된 일이었다.

"폭풍의 용병단에게 주어진 시간이 아직 다 지나지 않은 것으로 알고 있습니다."

레이샤드가 빙긋 웃으며 말했다. 그러자 아르만 공작이 의외라는 표정을 지어 보였다.

"그렇다는 건 시간이 더 필요해서 오신 게 아니란 말씀이십니까?"

"네, 운 좋게도 범인을 알아냈거든요."

"아……. 그러셨군요."

순간 아르만 공작의 눈빛이 복잡하게 변했다.

이미 라미레스 후작가와 전면전까지 불사하기로 마음을 굳힌 상황이었다.

그런데 이제 와 범인을 알아냈다니. 아르만 공작으로서는 썩 달갑지 않은 결론이었다.

'역시. 엘리자베스의 말대로야.'

그런 아르만 공작의 속내를 읽은 레이샤드가 가볍게 입가를 비틀어 올렸다.

만일 엘리자베스의 이야기를 듣지 못했다면 예상 밖의 아르만 공작의 반응에 당황해했을지 모른다.

하지만 이번 일에 얽힌 복잡한 상황을 파악한 이상 아르만 공작의 떨떠름한 심정이 당연하게 느껴졌다.

현재 아르만 공작은 공공연히 황실을 지지하고 있었다. 그리고 라미레스 후작은 예전부터 지금까지 칼슈타트 황제를 따라왔다.

두 대귀족이 위치한 북동부는 아단 산맥에 둘러싸여 있었다.

지리적으로 봤을 때 실제 두 영지가 주변 왕국들의 침략을 받을 확률이 적었다.

자연스럽게 두 영지가 움직일 수 있는 병력 운영의 폭도 황도 주변의 영지들만큼이나 컸다.

그래서 대대로 황위를 노리는 황자들은 중부 귀족들만큼이나 북동부 귀족들을 끌어들이기 위해 노력해 왔다.

북동부에서 동원할 수 있는 막강한 병력이라면 황위 계승전에서 심리적인 우위를 점할 수 있기 때문이다.

그런데 칼슈타트 황제가 즉위하면서 제국의 북동부가 완전히 둘로 갈라졌다.

라미레스 후작가가 제국 북동부로 자리를 옮긴 이후로 아르만 공작가와 라미레스 후작가는 북동부의 주도권을 놓고 선의의 경쟁을 지속해 왔다.

그러면서도 두 가문은 황위가 바뀔 때마다 서로 협의해 같은 선택을 해왔다. 북동부 귀족들이 갈라져 봐야 좋을 게 없다는 판단에서였다.

그런데 칼슈타트 황제의 즉위 문제로 아르만 공작가와 라미레스 후작가의 공조가 깨져 버렸다.

아르만 공작가는 정통성이 없는 칼슈타트 황제의 즉위를 반대했다.

실제로도 황실의 큰어른인 로베르토 대공이 자리를 비운 사이에 기다렸다는 듯이 황위를 차지한 칼슈타트 황제의 행위를 강도 높게 비판했다.

반면 칼슈타트 황제와 친분이 두터웠던 라미레스 후작가의 반응은 달랐다.

라미레스 후작 가문을 따르는 주변 귀족들과 함께 칼슈타트 황제를 지지했다.

자연스럽게 아르만 공작가와 라미레스 후작가는 앙숙 관계로 변했다.

중간에서 몇몇 귀족이 중재하려 애썼지만 양측의 갈등은 좀처럼 사그라지지 않았다.

그러던 차에 바람 부족과의 예기치 못한 갈등이 벌어졌고 라미레스 후작가가 끼어드는 상황으로 이어졌다.

처음에는 대화로써 이번 문제를 해결하려던 아르만 공작도 이번 기회를 통해 라미레스 후작가의 콧대를 꺾어놓기로 생각을 바꿨다.

제국 북동부의 주도권을 둘로 나눠봐야 누구에게도 이득이 되지 않는다는 것은 아르만 공작도 잘 알고 있었다.

하지만 지지하는 대상이 다른 이상 그 힘을 하나로 합칠 수가 없었다.

그러다 보니 힘으로라도 라미레스 후작가를 억누르고 북동부의 주도권을 되찾아오기로 마음먹은 것이다.

그래서 아르만 공작가에서도 라미레스 후작가와 전면전을

위해 차근차근 준비를 해오고 있었다.

그런데 갑작스럽게 나타난 레이샤드로 인해 그 계획이 꼬여 버리고 말았다.

만일 레이샤드가 아닌 폭풍의 용병단이 범인의 정체를 밝혀냈다면 아르만 공작은 이런저런 핑계를 대어서라도 전쟁을 강행했을 것이다.

바람 부족에게는 미안한 이야기지만 라미레스 후작가와 손을 잡았다는 사실만으로도 더 이상의 공생은 불가능했다.

하지만 상대는 폭풍의 용병단이 아닌 레이샤드였다.

그리고 그는 자신이 지지하고 있는 황실에서 차기 황제 감으로 염두에 둔 당사자였다. 그러다 보니 아르만 공작도 난감할 수밖에 없었다.

"제가 어떻게 해 드리길 바라십니까?"

한참을 고심하던 아르만 공작이 다시 레이샤드를 바라봤다.

지금 상황만으로는 레이샤드가 자신에게 무엇을 기대하는지 파악하기가 쉽지 않았다.

레이샤드가 단순히 폭풍의 용병단의 입장을 대변하기 위해 온 것이라면 이번 전쟁에서 폭풍의 용병단을 배제시킬 생각이었다.

그로 인한 병력 출혈이 없지 않겠지만 만약을 대비해 접촉

중이던 용병단들이 있는 만큼 그들을 끌어들인다면 피해를 최소화할 수 있었다.

그러나 만일 레이샤드가 전쟁 자체의 중단을 바라는 것이라면 아르만 공작으로서도 고민이 커질 수밖에 없었다.

아르만 공작가는 물론이고, 아르만 공작가를 따르는 주변 가문들까지 전쟁에 참여할 의사를 보인 상태였다.

이 와중에 단순히 레이샤드의 만족을 위해 전쟁을 포기하기란 쉽지 않은 노릇이었다.

한편으로 아르만 공작은 레이샤드의 그릇이 궁금했다.

그저 폭풍의 용병단과의 작은 인연을 위해 움직인 것인지, 아니면 평화라는 거창한 이상만을 품은 것인지 궁금했다.

하지만 아르만 공작의 앞에 앉은 레이샤드는 제 식구만 챙기는 옹졸한 군주도, 이상만 좇는 몽상가도 아니었다.

"싸우지 않고 라미레스 후작가와의 싸움에서 이기게 해 드리겠습니다. 그러니 제 말을 들어주세요."

레이샤드의 솔깃한 제안에 아르만 공작의 표정이 달라졌다.

싸우지 않고 이긴다.

만일 그럴 수만 있다면 그보다 더 좋은 일은 없었다.

아르만 공작이 레이샤드 쪽으로 바짝 몸을 끌어당겼다. 자연스럽게 레이샤드의 입가에 미소가 번졌다.

4

아르만 공작가의 정보담당관 아넬이 귀빈실로 부름을 받은 건 그로부터 한 시간이 지나서였다.

"찾으셨습니까, 공작님."

귀빈실로 들어온 아넬이 깊숙이 허리를 굽혔다. 그러자 아르만 공작이 다소 심각한 얼굴로 말했다.

"우리 영지에 몬스터들의 침입이 심해진 게 언제부터였다고 했지?"

"예?"

아넬이 당황한 눈으로 레이샤드의 눈치를 살폈다.

별것 아닌 질문 같았지만 외부에 알려져 봐야 좋을 게 없는 사항이었다.

하지만 아르만 공작은 상관없다는 듯 답을 강요했다.

"그게…… 정확하게 6년 전부터입니다."

아넬이 마지못해 고개를 숙였다.

"6년이라……."

아넬의 대답을 곱씹으며 아르만 공작이 묘한 표정을 지었다.

아르만 공작령은 북으로 아단 산맥과 경계를 접하고 있었다.

그래서 겨울철만 되면 몬스터들이 영지로 밀려 내려왔다.

그러나 그 정도의 침입은 아단 산맥 근처에 상주 중인 병력만으로도 충분히 방비가 가능했다.

가끔씩 몬스터들의 수가 예상을 뛰어넘는 경우가 없지 않았지만 그 또한 만약을 대비해 배치한 예비 병력만으로 감당할 수 있었다.

그런데 6년 전부터 상황이 돌변했다. 몬스터들의 수가 급증한 것은 물론이고 계절을 가리지 않고 영지로 밀고 내려오는 일이 잦아졌다.

아르만 공작가의 학자들은 아단 산맥에 거주하는 몬스터들 간의 먹이 사슬에 문제가 생기면서 이상 징후를 보이는 것이라고 판단했다.

아르만 공작도 학자들의 보고를 거의 전적으로 믿다시피 했다.

그래서 바람 부족과 연계해 몬스터들의 침입을 1차적으로 방비할 계획을 세운 것이다.

하지만 레이샤드가 들려준 이야기는 전혀 달랐다.

누군가가 고의적으로 아단 산맥의 몬스터들을 규합하고 있으며 지속적으로 아르만 공작가를 공격하고 있다는 것이다.

레이샤드는 그 배후로 라미레스 후작가를 지목했다.

당연하게도 아르만 공작은 그 이야기를 흘려들을 수가 없었다.

아르만 공작은 레이샤드에게 들은 이야기를 다시 아넬에게 전했다. 그러자 아넬이 동의할 수 없다는 듯 고개를 갸웃거렸다.

"몇몇 학자가 그럴 가능성을 제기하긴 했습니다만 조사 결과 아단 산맥의 전반적인 문제인 것으로 파악되었습니다."

아넬은 그 근거로 6년 전부터 아르만 공작령뿐만 아니라 산맥과 맞닿은 모든 영지의 몬스터 침입이 급격히 늘어났다는 점을 들었다.

만일 이 모든 게 라미레스 후작가의 계략이라면 라미레스 후작령의 몬스터 침입도 함께 늘어나지는 않았을 것이라는 예측이었다.

"흠……."

이내 고개를 끄덕이던 아르만 공작이 레이샤드를 바라봤다.

레이샤드의 이야기는 그럴듯했지만 그것을 뒷받침해 줄 만한 근거가 부족한 상황이었다.

그러자 잠자코 있던 레이샤드가 빙긋 웃으며 입을 열었다.

"아넬 님이라고 하셨죠?"

"편히 부르십시오. 황자 전하."

"좋아요, 아넬. 그럼 아르만 공작가의 정보부에서는 지난 6년간 북동부 영지에 침입한 몬스터들에 대한 확실한 정보를 가지고 있는 건가요?"

"그렇습니다, 영주님. 각 영지에 파견되어 있는 정보원들이 주기적으로 보고를 하고 있기 때문에 허위 정보일 가능성은 거의 없습니다."

아넬이 힘을 주어 정보의 정확성을 강조했다.

그리고 그 점에 대해서는 레이샤드도 굳이 부정할 생각이 없었다.

"그럼 말이에요. 지난 6년간 몬스터 침입으로 발생한 북동부 영지들의 병력 피해 상황도 조사가 되어 있겠군요?"

레이샤드가 슬쩍 말을 돌렸다.

그 순간 아넬의 표정이 떨떠름하게 변했다.

제33장

레이샤드의 중재 Part 2

1

'대체 무슨 말을 하려고 저러시는 거지?'

아넬은 살짝 기분이 나빴다.

지금껏 그는 아르만 공작가의 정보담당관으로 머물면서 일련의 정보를 가지고 상황을 판단하는 일을 해왔다. 그래서 그는 판단을 내리는 것에 늘 자신이 있었다.

그런데 지금 레이샤드는 판단의 근거 자체가 잘못되었을지 모른다고 말하고 있었다.

"관련된 준비를 정리해서 가져오겠습니다. 잠시만 기다려 주십시오."

아넬은 내색하지 않고 귀빈실을 나섰다. 그리고 자신의 집 무실이 들어선 정보 관리관으로 향했다.

정보 관리관의 문을 열기가 무섭게 산처럼 쌓여 있는 서류들이 눈에 들어왔다.

장보 관리관에 배속된 이십여 명의 관리는 그 서류들을 부지런히 분류하는 작업을 하고 있었다.

"발라!"

아넬인 관리들 중에서도 가장 열정적으로 움직이는 이를 호명했다.

그러자 다소 뚱뚱한 체격의 사내가 냉큼 아넬 앞으로 달려왔다.

"아단 산맥의 몬스터들로 인해 주변 영지들이 받은 피해 규모에 관한 정보가 필요하다."

아넬이 시큰둥한 목소리로 말했다.

그렇게 말하면 발라가 냉큼 자료를 가져올 것이라 생각했다.

그러나 정작 발라의 표정은 썩 밝지가 않았다.

"그, 그 정보는 아넬 님께서 따로 정리할 필요가 없다고 하셨는데요."

"뭐? 내가 언제?"

"며, 몇 년 전에 분명 제가 피해 규모까지 정리를 할까요,

라고 말씀을 드렸는데 그때 아넬 님께서……."

발라가 옛일을 들먹이며 핑계를 대기 시작했다.

발라의 성격상 거짓말은 아니겠지만 아넬은 지금 입씨름을 할 시간이 없었다.

"시끄럽고, 최대한 빨리 자료 정리해서 가져와."

"아, 알겠습니다."

"참고로 지난 6년간의 자료가 필요해."

"헉! 그렇게나 마, 많이요?"

6년간의 정보라는 말에 발라가 난색을 드러냈다.

자료를 정리하는 일이야 평소에 하던 일이다 보니 금방 끝낼 수 있었다.

문제는 자료를 찾는 일이다.

정리되지 않은 자료들 중에서 원하는 자료를 찾으려면 제법 고생을 할 수밖에 없었다.

"사, 사흘만 시간을 주십시오."

발라가 고개를 숙였다.

지금 하고 있는 일들과 함께 병행하려면 그 정도 시간은 필요해 보였다.

그러자 아넬이 말도 안 되는 소리 말라며 버럭 언성을 높였다.

"지금 공작님께서 기다리고 계시단 말이야! 그러니까 당장 찾아서 정리해 와! 어서!"

아넬의 불호령에 발라는 물론이고 모든 관리가 창고로 뛰어갔다.

그로부터 1시간 뒤. 아넬은 자신이 원하는 정보가 담긴 자료를 손에 넣을 수 있었다.

아넬은 자신만만한 얼굴로 서류를 살폈다.

하지만 그것도 잠시. 예상외의 결과에 아넬의 표정이 사색이 되어버렸다.

지난 6년간 아단 산맥의 몬스터들은 틈날 때마다 주변 영지들을 침공해 왔다.

그리고 주변 영지들 중에 가장 넓은 영지를 보유하고 있는 아르만 공작가와 라미레스 후작가가 가장 많은 침입을 받은 것으로 조사되었다.

그 침입으로 인해 아르만 공작가에서는 100명이 넘는 기사가 죽고, 500명의 기사가 크게 다쳤다.

그 외에 병력 피해만 2만여 명에 달했다. 아르만 영지가 공작가였으니 망정이지 그보다 규모가 작은 영지였다면 그 정도 피해에 크게 휘청거렸을지 몰랐다.

그래서 아넬은 막연히 라미레스 후작령도 비슷한 피해를 입었을 것이라 생각했다.

침략 횟수만 놓고 봤을 때 아르만 공작령과 거의 비슷했기 때문이다.

전력적으로 아르만 공작가가 우위에 있는 상황에서 양측이 서로 비슷한 피해를 입을 경우 전력적인 격차는 더욱 벌어질 수밖에 없었다.

그래서 아르만 공작이 라미레스 후작가와 전면전을 불사하겠다고 말했을 때 승산은 충분하다는 조언까지 했다.

그런데…… 지난 6년간의 라미레스 후작가의 피해 규모는 아르만 공작가와는 비교조차 할 수 없을 만큼 미미한 수준이었다.

자료에 따르면 병력 피해는 고작 2천여 명으로 조사되었다.

말도 안 된다는 생각에 발라를 불러 수치가 잘못된 게 아니냐고 따져 물었지만 결과는 달라지지 않았다.

발라는 물론이고 관리들이 전부 달려들어 몇 번씩 확인한 결과다 보니 수치가 잘못될 가능성은 없다시피 했다.

단순히 수치만 놓고 봤을 때 라미레스 후작가의 병력 피해는 아르만 공작가의 10퍼센트에 불과했다.

문제는 병력만이 아니다.

전쟁 시 전력의 핵심으로 활용되는 기사 전력의 피해 또한 아르만 공작가와는 비교조차 될 수 없을 만큼 적었다.

놀랍게도 지난 6년간 라미레스 후작가에서 몬스터들의 침략을 맞는 과정에서 죽은 기사는 단 한 명도 없었다.

부상을 입은 기사도 고작 5명에 불과했다.

그저 운이 좋았다고 말을 하기에는 석연치 않은 구석이 많았다.

아넬은 눈을 돌려 다른 영지들의 사정을 살폈다. 그리고 더욱 충격적인 사실을 알아냈다.

아르만 공작가를 따르는 영지들은 지난 6년간 적잖은 피해를 입은 것으로 조사되었다.

반면 라미레스 후작가를 따르는 가문들은 달랐다. 침략은 빈번했는데 정작 피해 규모는 매우 작았다.

단순히 데이터만 놓고 보자면 아르만 공작 세력보다 라미레스 후작 세력이 몬스터 방비를 철저히 해왔다는 이야기로 비춰질 수 있었다.

하지만 설사 그렇다 하더라도 라미레스 후작 세력의 피해는 몬스터들의 침략 빈도에 비해 납득이 되지 않는 수준이었다.

'뭔가 있다!'

아넬은 크게 숨을 들이켰다.

자신도 모르게 심장이 쿵쾅거리고 온몸이 부들부들 떨렸지만 지금은 흥분보다 냉정이 필요한 시점이었다.

그렇게 애써 호흡을 고른 뒤 아넬은 자료를 들고 귀빈실로 향했다.

차마 발걸음이 떨어지지 않았지만 그렇다고 해서 자신의 실수를 감추려 할 수는 없는 노릇이었다.

"일단 보고부터 드리겠습니다, 공작님. 추후 제 실수에 대해서는 책임을 지도록 하겠습니다."

귀빈실로 돌아온 아넬은 레이샤드와 아르만 공작에게 자신이 간과했던 주변 영지들의 피해 규모에 대해 설명했다.

"역시. 라미레스 후작가와 그들을 따르는 영지들의 피해 규모는 비상식적으로 작네요."

레이샤드가 그럴 줄 알았다며 고개를 끄덕였다.

이미 엘리자베스를 통해 관련 정보를 전해 들어서인지 그의 표정은 담담하기만 했다.

반면 아르만 공작의 반응은 달랐다.

병력 피해도 병력 피해지만 지난 6년간 라미레스 후작가에서 발생한 기사 전력의 피해가 고작 5명뿐이라는 사실에 크게 뒤통수라도 얻어맞은 얼굴이 되어버렸다.

영지전을 포함한 모든 전쟁에 있어 가장 중요한 전력은 다름 아닌 기사다.

특히나 마법사의 참전이 철저하게 제한되는 영지전의 경우에 기사 전력의 비중은 그만큼 높아질 수밖에 없었다.

제국의 모든 영주는 제국법에 따라 정해진 수만큼의 정규 기사들을 양성할 수 있었다.

영지의 형편에 따라 전체 기사들의 수는 얼마든지 늘릴 수 있었지만 기사들 중에서도 실제 전력으로 분류되는 정규 기사의 수는 제국법을 정확하게 지켜야만 했다.

제국법에서 정한 공작령의 정규 기사 한도는 1,200명. 후작령의 정규 기사 한도는 800명이다.

제국법에 의해 아르만 공작가는 라미레스 후작가에 비해 400명이나 많은 정규 기사를 둘 수 있었다.

그리고 그 400명의 차이는 실로 엄청난 것이었다.

돌발 변수가 없다고 가정했을 때 라미레스 후작가는 기사 전력의 우위를 앞세운 아르만 공작가를 결코 이길 수가 없었다.

하지만 아넬의 보고를 전해 들은 지금의 상황은 달랐다. 아르만 공작가는 최근 6년간 정규 기사의 절반을 잃은 상태였다.

급하게 실력이 부족한 기사들을 끌어 올려 정규 기사의 자리를 채워놓기는 했지만 기사들의 실질적인 전력은 6년 전에 비해 70퍼센트 수준에 불과했다.

반면 라미레스 후작가의 기사 전력은 6년 전과 거의 차이가 없었다.

덕분에 상당한 차이를 보이던 아르만 공작가와 라미레스

후작가의 기사 전력이 다양한 변수로 인해 뒤집힐 수 있을 정도로까지 좁혀졌다.

라미레스 후작가를 따르는 주변 영지들의 기사 전력까지 감안하면 아르만 공작 세력과의 기사 전력 차이는 더 좁아지고 만다.

최악의 경우 아르만 공작 세력이 라미레스 후작 세력에 밀려 북동부의 주도권을 완전히 상실하는 일이 생기게 될 수도 있었다.

"아넬, 다시 묻지. 이번 전쟁, 승산이 있는가?"

아르만 공작이 굳은 얼굴로 아넬을 바라봤다. 그러자 아넬이 송구하다는 듯 고개를 숙였다.

바로 어제까지만 하더라도 아넬은 같은 질문에 늘 시원스럽게 대답해 왔다.

라미레스 후작가에서 마스터를 동원하지 않는 이상 전쟁에서 질 일은 없을 것이라고 단언했다.

하지만 지난 6년간의 피해 상황을 감안한 현재의 전력은 감히 승리를 장담하기 어려웠다.

"죄송합니다, 공작님. 이 모든 게 제 불찰입니다."

아넬은 아르만 공작가가 질 수도 있다는 진실을 차마 내뱉지 못했다.

그것만큼은 아르만 공작가의 정보관리관으로서 결코 할

수 없는 말이었다.

"후우……."

아르만 공작이 이내 무겁게 한숨을 내쉬었다.

이런 줄도 모르고 무작정 라미레스 후작가의 콧대를 꺾어 놓을 생각만 했다니.

라미레스 후작가와의 감정 때문에 상대를 너무 만만하게 봤다는 자책이 들었다.

레이샤드는 라미레스 후작가에서 몬스터들을 통제하고 있을지 모른다고 말했다.

그리고 지난 6년간의 병력 피해 등을 종합해 봤을 때 그 말은 진실에 가까워 보였다.

만에 하나 전쟁 중에 라미레스 후작가가 몬스터를 동원해 아르만 공작가를 공격하기라도 한다면?

가뜩이나 아르만 공작가와 라미레스 후작가의 전력이 좁혀진 상황에서 승산은 완전히 사라지고 말 것이다.

힘겹게 현실을 인정한 아르만 공작이 다시 레이샤드를 바라봤다.

레이샤드가 제때 나타나 주지 않았다면 아마도 아르만 공작가는 큰 낭패를 봤을 것이다.

"제가 무엇을 어찌하면 되겠습니까?"

아르만 공작이 다시 물었다.

조금 전과 크게 다를 바 없는 질문이긴 했지만 그 이면에는 레이샤드에 대한 짙은 신뢰와 고마움이 깔려 있었다.

"라미레스 후작가에서 벌인 일들을 고스란히 되돌려 줄 생각이에요. 그러니 일단 전쟁을 중단하세요. 그리고 저를 믿고 기다려 주세요."

레이샤드가 제법 야무진 목소리로 말했다.

"알겠습니다."

아르만 공작이 망설이지 않고 고개를 숙였다.

2

아르만 공작은 어떻게든 가문과 주변 영주들을 설득하겠다는 뜻을 밝혔다.

이미 명분과 실리 모든 것을 잃어버린 상황이었다. 무리해서 전쟁에 임해 봐야 아르만 공작가는 물론이고 다른 영지에도 득이 될 게 하나도 없었다.

"황자님, 염치없지만 불민한 저를 대신해 바람 부족을 잘 설득해 주십시오."

아르만 공작은 레이샤드에게 바람 부족과의 중재를 요청했다.

이미 바람 부족은 라미레스 후작가와 손을 잡은 상태였다.

만일 그들이 전쟁을 강행할 경우 아르만 공작가도 원치 않은 싸움을 하게 될 수밖에 없었다.

"너무 걱정하지 마세요. 최선을 다할게요."

레이샤드가 힘껏 고개를 끄덕였다.

이종족인 바람 부족을 설득한다는 게 쉬운 일은 아니겠지만 이번 일에 나선 이상 어떻게든 좋은 결과를 만들어 내고 싶었다.

다음 날 아침.

레이샤드 일행은 마차를 타고 아르만 공작성을 나섰다.

"피곤해요."

뜬눈으로 밤을 새다시피 한 레이샤드는 마차에 오르기가 무섭게 엘리자베스의 무릎에 누워 눈을 감았다.

그 모습을 지켜보던 아스타로트는 못마땅한 표정을 지었지만 정작 엘리자베스는 가볍게 웃으며 레이샤드의 머리를 쓰다듬어 주었다.

"알, 다크 엘프는 찾았어?"

레이샤드가 깊은 잠에 빠지자 엘리자베스가 나직한 목소리로 물었다.

그러자 건너편에 앉아 있던 아르메스가 가볍게 고개를 숙였다.

"현재 라미레스 후작가에 머물고 있습니다."

아르메스의 정보 조직의 활동 영역은 아직까지 대륙 북부에 국한되어 있었다.

그러다 보니 제국의 소소한 정보까지 전부 파악하기란 불가능한 상황이었다.

그래서 아르메스는 직접 다크 엘프의 흔적을 찾아 움직였다.

그리고 가장 의심이 되는 라미레스 후작가에 몸을 숨기고 있는 다크 엘프를 어렵지 않게 발견할 수 있었다.

"역시 그럴 줄 알았어."

엘리자베스가 천천히 고개를 끄덕였다. 그러자 아르메스가 궁금하다는 얼굴로 엘리자베스를 바라봤다.

"그런데 다크 엘프를 그대로 놔두실 생각이십니까?"

다크 엘프의 소재를 알아낸 이상 그를 붙잡는 건 시간문제였다.

만일 엘리자베스가 다크 엘프의 목을 원한다면 아르메스는 지금이라도 지체하지 않고 라미레스 후작가로 달려가 다크 엘프의 목을 베어버렸을 것이다.

하지만 엘리자베스가 원하는 건 다크 엘프의 정확한 위치였다.

다크 엘프의 처리에 대해서는 단 한마디도 말하지 않았다.

그러자 엘리자베스가 슬쩍 입가를 말아 올렸다.

"다크 엘프는 아직 쓸모가 남아 있어. 그리고 아직은 라미레스 후작가를 자극할 때가 아니야."

뷔라와 라크마를 살해했던 다크 엘프의 정체가 이런 식으로 폭로가 된다면 라미레스 후작도 생각이 급해질 수밖에 없었다.

어쩌면 예정된 전쟁을 강하게 밀어붙일 수도 있었다.

그렇게 될 경우 싸우지 않고도 아르만 공작가를 이기게 해 주겠다는 레이샤드의 약속도 지키기 어려워진다.

아직 폭풍의 용병단에게 주어진 시간은 6일이 남아 있었다.

엘리자베스는 그 시간을 최대한 이용할 생각이었다.

덜커덩. 덜커덩.

빠르게 북쪽으로 내달리던 마차는 다음 날 새벽녘이 되어서야 폭풍의 용병단 진영에 도착할 수 있었다.

레이샤드 일행은 쉬지 않고 곧장 북쪽으로 내달렸다.

바람 부족의 거주지까지는 마차로 다시 하루를 더 가야 했다.

"멈춰라!"

레이샤드 일행이 탄 마차를 발견한 야수족 전사 하나가 거칠게 소리쳤다.

마차의 앞머리에 붙어 있는 아르만 공작가의 표식 때문인지 전사의 표정은 벌써부터 사납게 일그러져 있었다.

"제가 알아서 하겠습니다."

일행들을 대신해 아르메스가 마차에서 내렸다. 그리고 야수족 전사에게 다가가 폭풍의 용병단의 일로 찾아왔다는 사실을 전했다.

"폭풍의 용병단?"

야수족 전사가 이맛살을 찌푸렸다.

만일 아르만 공작가에서 왔다면 당장 내쫓았겠지만 폭풍의 용병단이라면 이야기가 달라진다.

폭풍의 용병단에게 주어진 시간은 아직 5일이 남은 상태였다.

그 시간이 전부 사라지기 전까지 아르만 공작가와 바람 부족은 폭풍의 용병단의 중재에 최대한 협조해야 할 의무가 있었다.

"들어가라."

야수족 전사는 어쩔 수 없다는 듯 통행 증표를 내주고 마차를 통과시켰다.

잠시 멈추었던 마차는 바람 부족의 거주지를 향해 다시 내달리기 시작했다.

그렇게 한 시간여쯤 가자 어지럽게 늘어선 오두막들이 보였다.

"멈춰라!"

거주지 입구에서 또 다른 야수족 전사가 마차 앞을 가로막았다.

"여기 증표가 있습니다."

아르메스가 마차에서 내려 야수족 전사에게 통행 증표를 내밀었다.

그리고 폭풍의 용병단을 대신해 바람 부족을 찾아왔다는 사실을 밝혔다.

"아직도 조사할 게 남았나?"

야수족 전사가 불편한 듯 이맛살을 찌푸렸다.

폭풍의 용병단에게 주어진 시간이 얼마 남지 않은 상황이었다.

그러다 보니 폭풍의 용병단이 조사를 핑계로 시간을 끌려는 것이라 여겼다.

그러자 아르메스가 가볍게 고개를 흔들었다.

"조사는 모두 끝났습니다. 그러니 대족장님을 만나게 해주십시오."

"조사가…… 끝났다고?"

예상치 못했던 대답에 야수족 전사의 얼굴에 당혹감이 번졌다.

폭풍의 용병단은 지난 3개월에 가까운 시간 동안 이렇다 할 단서조차 찾아내지 못하고 있었다.

그래서 바람 부족 내부에서도 폭풍의 용병단에게 별다른 기대를 하지 않고 있는 상황이었다.

그런데 이제 와 조사가 끝이 났다니.

그 말은 이번 살인 사건의 범인을 밝혀냈다는 뜻이나 마찬가지였다.

"그 말, 사실인가?"

야수족 전사가 확인하듯 되물었다.

만에 하나 시간을 벌기 위해 수작을 부리는 것이라면 가만있지 않겠다며 매섭게 눈을 부라렸다.

만일 평범한 인간 같았다면 야수족 전사의 강렬한 기세에 자신도 모르게 움찔 놀라고 말았을 것이다.

하지만 정작 아르메스는 눈썹 한 올조차 까딱하지 않았다.

"그렇습니다."

너무나 태연한 아르메스의 반응에 야수족 전사의 눈빛이 흔들렸다.

아무리 봐도 아르메스가 거짓말을 하는 것 같지는 않았다.

"좋다. 그렇다면…… 나를 따라와라."

야수족 전사가 마지못한 얼굴로 몸을 돌렸다.

그를 따라 레이샤드 일행은 바람 부족의 부족장인 라힘달의 처소로 안내되었다.

3

"폭풍의 용병단에서 사람이 왔다고?"

보고를 받은 라힘달은 대번에 이맛살을 찌푸렸다.

근 한 달간 폭풍의 용병단에서는 이렇다 할 연락조차 없던
상황이었다.

그런데 이제야 찾아오다니. 필시 또 다른 수작을 부리려는
것이라 여겼다.

"어찌했으면 좋겠나?"

라힘달의 시선이 장로 루드니에게 향했다. 그러자 잠시 고
심하던 루드니가 가볍게 고개를 숙였다.

"비록 라미레스 후작가에서 도움을 주기로 했지만 폭풍의
용병단을 적으로 돌리는 건 좋은 선택이 아닙니다. 그러니 족
장님께서 최대한 아량을 베푸시는 게 좋을 것 같습니다."

현재 바람 부족은 주변 이종족들과 라미레스 후작가의 도
움을 받아 아르만 공작가와 전쟁을 벌일 준비를 하고 있었다.

그래서 대부분의 야수족들은 폭풍의 용병단은 물론이고
인간들에게 결코 호의적이지가 않았다.

라힘달도 라미레스 후작가의 사람이 아니라면 굳이 인간

에게 시간을 빼앗기고 싶은 마음이 없었다.

말주변이 좋은 인간들에게 휘둘렸다가 애써 다잡은 마음이 흔들릴까 염려한 것이다.

하지만 루드니의 생각은 달랐다.

바람 부족 내에서도 전략전술에 가장 능통한 루드니는 폭풍의 용병단이 이번 전쟁의 최대 변수가 될 수 있음을 경고했다.

"흐음……."

무겁게 한숨을 내쉬던 라힘달이 이내 고개를 끄덕였다.

현재 폭풍의 용병단은 중립을 지키고 있었다.

물론 며칠 후면 아르만 공작가의 편에 서서 적으로 돌아 설 가능성이 높겠지만 그전에 미리 폭풍의 용병단을 적대시할 필요는 없어 보였다.

오히려 루드니의 말대로 저들을 후대한다면, 실제 전쟁이 벌어지더라도 불필요한 마찰을 최소화할 수 있을 것 같았다.

"들어오라 하라."

라힘달이 밖을 향해 소리쳤다. 그로부터 잠시 후, 레이샤드 일행이 오두막 안으로 들어왔다.

"그대가 폭풍의 용병단의 대표인가?"

생전 처음 보는 레이샤드의 모습에 라힘달이 고개를 갸웃거렸다.

누가 봐도 소년처럼 보이는 레이샤드가 폭풍의 용병단이라는 거대 용병단의 대표로 왔다는 게 믿기지 않는 듯한 얼굴이었다.

그러자 레이샤드가 폭풍의 용병단으로부터 전해 받은 서신을 내밀었다.

그 안에는 폭풍의 용병단에게 부여된 권한의 전권을 레이샤드에게 위임한다는 내용이 적혀 있었다.

"그래, 무슨 일로 날 찾아왔지?"

라힘달이 다소 퉁명스러운 목소리로 말했다.

마치 레이샤드가 무슨 이야기를 할지 훤히 알고 있다는 투였다.

그러나 정작 레이샤드의 입에서 나온 대답은 라힘달의 예상을 한참이나 빗겨갔다.

"라크마 님을 죽인 범인을 알아냈습니다."

순간 라힘달의 눈두덩이 파르르 떨렸다.

라크마라는 한마디에 애써 억눌러 왔던 감정이 솟구친 것이다.

"지금…… 범인을 알아냈다고 말했나?"

라힘달이 매서운 눈으로 레이샤드를 노려봤다.

만일 허튼소리로 자신을 속이려는 것이라면 가만 두지 않겠다는 표정이었다.

"그렇습니다, 라힘달 님."

레이샤드가 겁먹지 않고 고개를 끄덕였다. 그러자 라힘달의 숨소리가 점점 거칠어지기 시작했다.

"증거가 없었을 텐데 어떻게 알아냈습니까?"

루드니가 라힘달을 대신해 물었다.

그 역시 라크마가 살해당한 천막을 조사해 봤기 때문에 범인을 단정하기 어렵다는 사실을 누구보다 잘 알고 있었다.

만일 폭풍의 용병단이 확실한 증거를 발견했다면 자신이나 바람 부족의 조사단이 발견하지 못했을 가능성은 없다시피 했다.

그러다 보니 대체 어떤 증거를 가지고 범인을 특정했는지가 궁금해졌다.

"따로 증거를 찾지는 못했습니다. 그래서…… 라크마 님의 영혼을 불렀습니다."

레이샤드가 한결 조심스러운 목소리로 답했다.

라크마의 영혼을 불렀다는 건 그의 안식을 방해했다는 의미다.

사후 세계에 대한 신앙이 두터운 야수족들에게는 상당히 불쾌한 발언으로 들릴 수 있었다.

하지만 정작 루드니의 반응은 달랐다.

제34장

레이샤드의 중재 Part 3

1

"저, 정말로 라크마 님의 영혼을 소환했단 말입니까?"

루드니가 당혹스러운 얼굴로 물었다.

"그렇습니다."

레이샤드가 침착하게 고개를 끄덕였다. 그러자 루드니의
얼굴이 더욱 상기되었다.

"폭풍의 용병단에 그토록 대단한 마법사가 있었단 말입니
까?"

루드니가 놀란 건 단순히 라크마의 영혼을 소환해서가 아
니다.

그는 바람 부족 장로이기 이전에 부족의 마법사였다.

그러다 보니 영혼 소환 마법이 얼마나 어려운 마법인지 누구보다 잘 알고 있었다.

만일 루드니의 마법 실력이 8레벨에 달했다면 아마 그가 앞장서서 영혼 소환 마법을 준비했을 것이다.

살해 현장에 이렇다 할 증거들조차 남아 있지 않은 상황에서 진실을 풀 수 있는 가장 확실한 방법은 영혼 소환 마법밖에는 없었다.

하지만 애석하게도 루드니의 마법 수준은 6레벨에 머물러 있었다.

야수족이 인간들에 비해 마법의 성장이 더디다는 점을 감안한다면 상당한 성취이겠지만 정작 그의 실력만으로는 영혼 소환 마법을 구현해 낼 수가 없었다.

그것은 폭풍의 용병단을 대표하는 마법사 사이먼도 마찬가지였다.

만일 그가 8레벨 마법사였다면 루드니는 머리를 굽혀서라도 영혼 소환 마법을 펼쳐 달라고 부탁을 했을 것이다.

그러나 대륙에 이름 높은 사이먼 또한 7레벨 마법사에 불과했다.

게다가 이번 일에 외부의 8레벨 마법사를 끌어들이는 것도 결코 쉽지 않은 일이었다.

결국 루드니는 영혼 소환 마법에 대한 미련을 접었다.

그래서 라힘달이 폭풍의 용병단이 진실을 밝힐 가능성을 물었을 때 턱없이 낮다고 대답했다.

그런데 놀랍게도 눈앞의 어린 인간은 영혼 소환 마법을 통해 진실을 밝혀냈다고 말하고 있다.

그렇다는 건 영혼 소환 마법이 가능한 마법사를 불러들였다는 의미나 마찬가지였다.

"여기, 저와 함께하고 있는 이 마법사가 영혼 소환 마법을 펼쳤습니다."

레이샤드가 가볍게 웃으며 라인하르트를 소개했다.

그러자 한 발 앞으로 나간 라인하르트가 가볍게 고개를 숙이며 말했다.

"레이샤드 님을 모시고 있는 마법사입니다. 세상 사람들은 저를 가리켜 시리우스라 부릅니다."

라인하르트는 자신의 마법 실력을 증명하듯 가볍게 마나를 끌어 올렸다.

순간 그의 몸을 타고 짙은 마나가 퍼져 나왔다. 그 파장이 어찌나 강렬하던지 루드니는 물론이고 라힘달마저 움찔 몸을 떨어야 했다.

"시리우스라는 마법사에 대해 알고 있나?"

라힘달이 경계 어린 눈으로 라인하르트를 바라봤다.

겉보기에는 그저 멀끔하게 생긴 사내가 이토록 대단한 기운을 숨기고 있었다는 사실이 놀란 표정이었다.

"시리우스라면 대륙에서도 손꼽히는 자유 마법사입니다. 그리고 얼마 전에 라미레스 후작가 쪽 사람들을 통해 전해 듣기로는 8레벨 마법사인 것으로 밝혀졌다고 합니다."

루드니가 나직한 목소리로 말했다.

그러면서 상기된 눈으로 라인하르트에게 눈을 돌렸다.

"그렇다면 저들이 한 이야기가 모두 사실이란 말인가?"

라힘달이 다시 루드니를 바라봤다.

마법에 대해 잘 알지 못하는 그로서는 라크마의 영혼을 소환했다는 이야기를 어떻게 받아들여야 할지 감이 오지 않았다.

"영혼 소환 마법은 8레벨 마법사들만이 다룰 수 있습니다. 그리고 조금 전에 느꼈던 마나의 파장으로 봤을 때 저자는 8레벨 마법사가 확실합니다."

루드니가 다소 조심스럽게 말을 받았다.

비록 그 역시도 마법사이긴 하지만 8레벨의 마법사를 눈앞에 두고 함부로 장담할 수 있을 만한 실력은 되지 않았다.

"흐음……."

라힘달이 이내 고개를 끄덕였다.

루드니가 확답을 듣지는 못했지만 정황상 레이샤드 일행

이 라크마의 영혼을 소환했다는 건 사실인 것 같았다.

하지만 레이샤드 일행이 라크마의 죽음에 대한 진실을 알려줄 지에 대해서는 확신하기 어려운 상황이었다.

모든 이가 보는 앞에서 영혼 소환 마법이 펼쳐졌다면 또 모르겠지만 지금은 전적으로 레이샤드 일행의 증언에 의존해야 하는 상황이었다.

만에 하나 레이샤드 일행이 아르만 공작가에 유리한 증언을 할 경우 바람 부족만 난처해질 수 있었다.

그렇다고 무작정 레이샤드 일행의 말을 부정할 수도 없는 노릇이었다.

레이샤드 일행은 분명 폭풍의 용병단을 대신해 이 자리에 왔다고 말했다.

그리고 폭풍의 용병단은 지금껏 의미 없는 전쟁을 막기 위해 나름의 노력을 계속해 왔다.

"일단…… 들어보겠다."

라힘달이 마지못해 고개를 끄덕였다.

그의 두 눈은 여전히 레이샤드 일행에 대한 경계심으로 가득했다.

그러나 그 경계심은 그리 오래가지 않았다.

레이샤드의 옆에 서 있던 엘리자베스가 은은한 마력을 흘리자 날카롭기만 했던 라힘달의 눈빛도 점차 누그러지기 시작했다.

2

레이샤드는 라힘달에게 라크마의 꿈을 통해 보고 들었던 모든 것을 하나도 빼놓지 않고 일러주었다.

그 과정에서 라크마와 연인 사이었던 헤로나가 아이를 가졌다는 사실이 드러났다.

"할만을 데려와라."

라힘달은 즉시 할만을 찾았다.

헤로나의 오빠이자 라크마와 친형제처럼 가까이 지내왔던 할만이라면 진실을 말해줄 것이라 여겼다.

"부르셨습니까."

라힘달의 부름을 받고 달려온 할만은 잔뜩 긴장한 얼굴이었다.

그는 라크마의 죽음 이후로 누구보다 열정적으로 전쟁 준비에 임했다.

그래서 어쩌면 이번 전쟁에서 중임을 맡게 될지 모른다는 생각을 했다.

그 스스로도 라크마의 복수를 위해 그렇게 되길 바랐다.

하지만 정작 라힘달이 할만을 찾은 이유는 따로 있었다.

"헤로나가 라크마의 아이를 가졌다는 게 사실이냐?"

라힘달의 갑작스런 물음에 할만은 당혹감을 감추지 못했다.

헤로나와 자신, 그리고 죽은 라크마만 알고 있는 사실을 어떻게 라힘달이 알고 있는지 놀란 눈치였다.

그러자 로드니가 라힘달을 대신해 간략적인 상황을 설명해 주었다.

"그러니까…… 저들이 라크마 님의 영혼을 소환했단 말입니까?"

"그렇다. 그래서 네게 저들의 말이 사실인지를 물어보는 것이다."

라힘달이 뜨거워진 눈으로 할만을 바라봤다.

그러자 할만이 마치 죄인이라도 된 것처럼 그 자리에 넙죽 엎드렸다.

"죄송합니다, 라힘달 님. 라힘달 님께 인정받지 못한 제 여동생이 감히 라크마 님의 아이를 가졌습니다."

야수족은 철저한 부계 사회였다.

자연스럽게 아버지와 남편이 가진 권한이 막강할 수밖에 없었다.

비록 라힘달과 헤로나가 서로 사랑하는 사이라고 해도 라힘달이 인정하지 않을 경우 헤로나는 결코 라크마의 여자가 될 수 없었다.

설사 헤로나가 라크마의 아이를 가졌다 할지라도 라힘달
이 인정하지 않는 이상 라크마의 아이라 불릴 수 없었다.

할만은 그 사실을 너무나 잘 알고 있었다.

그래서 이번 전쟁에서 큰 공을 세운 뒤에 라힘달에게 헤로
나를 인정해 달라 간청할 생각이었다.

그런데 생각지도 못하게 일이 꼬여 버렸다. 덕분에 할만의
계획은 수포로 돌아가고 말았다.

하지만 정작 라힘달은 할만과 헤로나를 탓할 생각이 전혀
없었다.

"그래, 그랬단 말이지."

진실을 확인한 라힘달이 자신도 모르게 웃음을 흘렸다.

라힘달은 자신을 쏙 빼닮은 둘째 아들, 라크마를 무척이나
아끼고 사랑했다.

그래서 내심 라크마에게 부족장의 자리를 물려 줄 생각도
가지고 있었다.

아르만 공작가에서 재차 혼인 동맹을 요구했을 때 라힘달
은 라크마가 아닌 다른 아들을 내세울 생각이었다.

부족을 맡길 라크마에게 불필요한 부담을 안겨주고 싶지
않았기 때문이다.

그러나 평소 라힘달의 생각을 잘 알고 있던 장자 로하인과

그를 따르는 장로들은 라크마를 적극적으로 천거했다.

라크마를 인간 여자와 결혼시켜 야수족으로서의 정통성을 훼손시키겠다는 생각이었다.

미처 예상치 못한 로하인의 반격에 라힘달은 어쩔 수 없이 라크마를 결혼 당사자로 지목할 수밖에 없었다.

그래도 라힘달은 라크마를 포기하지 않았다. 헤로나와의 관계를 인정하지 않은 것도 그 때문이었다.

라크마가 부족을 온전히 물려받기 위해서는 아르만 공작가와의 유대가 필요했다.

만일 라크마가 아르만 공작가의 힘을 빌릴 수만 있다면 로하인을 누르고 부족장의 자리를 차지하는 것도 어려운 일만은 아니었다.

그러다 보니 라크마가 갑작스럽게 죽었을 때 라힘달이 느낀 상실감은 이루 형용할 수조차 없었다. 마치 자신의 모든 것을 잃은 기분이었다.

아르만 공작가가 버거운 상대임을 잘 알면서도 라힘달이 전쟁을 준비했던 것도 라크마의 복수를 해주기 위해서였다.

그런데 그토록 아끼던 라크마가 자신도 모르게 자식을 가졌다고 한다. 그것도 인간이 아닌 야수족 여인을 통해 말이다.

만일 라크마가 살아 있었다면 상당히 곤란스러운 상황이

었겠지만 지금은 달랐다.

라크마의 피를 이어받은 손자를 볼 수 있다는 생각만으로도 라힘달의 눈가는 축축이 젖어들었다.

레이샤드는 자신도 모르게 코끝이 찡해졌다.

라크마를 그리워하는 라힘달의 모습 속에서 죽은 하르베스 폐황태자가 떠오른 것이다.

하지만 레이샤드는 이내 감정을 추슬렀다.

지금은 한가롭게 감정에 빠져 있을 때가 아니었다.

전쟁을 막기 위해서는 한시라도 빨리 바람 부족을 설득해야 했다.

"라크마 님과 아르만 공작가의 뷔라 님을 죽인 다크 엘프는 검은 불꽃 부족의 암살자입니다. 그리고 그는 지금 라미레스 후작가에 머물고 있습니다."

레이샤드가 차분하게 말을 이었다. 그러자 감정에 북받쳐 있던 라힘달의 표정이 일그러졌다.

"지금 라미레스 후작가라고 했나?"

"그렇습니다."

"그 말, 확실한가?"

"물론입니다."

라힘달은 믿을 수 없다는 눈으로 레이샤드를 노려봤다.

하지만 레이샤드는 눈 하나 까딱하지 않았다. 그리고 그런 태연함이 라힘달의 마음을 흔들어 놓았다.

"라미레스 후작가라니요? 조금 더 자세히 말씀해 주시겠습니까?"

당황해하는 라힘달을 대신해 루드니가 말을 받았다.

"아시다시피 6년 전부터 아단 산맥 몬스터들의 침입이 빈번해지기 시작했습니다."

레이샤드는 아르만 공작에게 했던 이야기를 침착하게 라힘달과 루드니에게 전했다.

몬스터들의 잦은 침입 뒤에는 누군가의 사주가 있었으며 그 사주를 지시한 게 라미레스 후작이라는 사실을 밝혔다.

라힘달은 금시초문이라는 표정을 지었다. 반면 루드니의 반응은 달랐다.

"확실히 6년 전부터 몬스터들과 충돌이 많아진 건 사실입니다."

6년 전부터 아단 산맥 몬스터들의 활동이 왕성해지면서 바람 부족도 적지 않은 피해를 입어왔다.

지난 6년간 몬스터들과 싸우다 죽거나 다친 부족의 전사만 해도 수천에 달했다.

그럼에도 불구하고 라힘달이 그 점을 크게 신경 쓰지 않았던 것은 몬스터들과 투쟁하면서 살아가는 게 이종족들의 숙명이기 때문이다.

만일 몬스터들의 잦은 침략이 자연스럽게 발생한 이상 현상이라면 바람 부족도 그 변화에 적응하려 노력했을 것이다.

그것이 지금껏 이종족들이 살아 왔던 기본적인 대응 방식이었다.

그러나 누군가의 농간으로 인해 벌어진 일이라면 이야기는 달라진다.

어떤 현상의 원인이 있다면 그 원인을 뿌리 뽑는 게 문제 해결의 최선이라는 사실을 이종족도 충분히 인지하고 있었다.

"혹시…… 흑마법사입니까?"

루드니가 레이샤드를 바라보며 물었다.

지능이 낮은 몬스터들을 조종할 수 있는 건 수준 높은 마법사들뿐이었다. 그중에서도 정신계 마법은 흑마법사들의 주된 영역이었다.

크로노스 왕국의 멸망 이후 흑마법사들이 사라졌다지만 그렇다고 해서 아예 멸종된 것은 아니었다.

그들 나름대로 뿌리를 내리며·대륙의 보이지 않는 곳에서 때를 기다리고 있었다.

"그렇습니다."

레이샤드가 부정하지 않고 고개를 끄덕였다.

엘리자베스의 말에 따르면 라미레스 후작가의 후원을 받

은 흑마법사는 아단 산맥 몬스터들을 통제하고 있었다.

워낙 행적이 은밀해 외부에 드러난 적이 단 한 번도 없었지만 중간계로 내려오기 전부터 대륙을 살폈던 엘리자베스의 눈에서는 벗어날 수가 없었다.

레이샤드는 덧붙여 아르만 공작가에서 조사했던 최근 6년간의 몬스터 침입에 따른 피해 규모도 알려주었다.

상당한 피해를 입은 아르만 공작 세력에 비해 라미레스 후작 세력의 피해 규모가 미비하다는 사실이 몬스터 통제의 확실한 증거가 되었다.

"그러니까 결국 이 모든 게 라미레스 후작가의 음모였다는 말이로군요."

루드니가 심각해진 얼굴로 라힘달을 바라봤다.

애써 현실을 부정하려 했던 라힘달의 표정도 상당히 굳어져 있었다.

애당초 바람 부족이 아르만 공작가를 상대로 전쟁을 벌인다는 것 자체가 불가능한 일이나 마찬가지였다.

바람 부족의 전체 인구수는 3만에 불과했다.

아르만 공작가에서도 바람 부족을 아단 산맥에 터전을 잡은 이종족 중 중간 규모로 분류하고 있었다.

반면 아르만 공작령의 인구는 80만에 달했다.

아르만 공작가가 당장 움직일 수 있는 병력만 5만 정도. 거기에 아르만 공작가를 따르는 가문의 병력까지 합치면 10만을 훌쩍 넘길 터였다.

바람 부족의 전사들이 하나같이 용맹하다 하더라도 갑옷과 병기로 무장한 아르만 공작가의 대군을 상대한다는 건 주먹으로 바위를 치는 격이나 마찬가지였다.

그뿐만이 아니다.

아르만 공작가는 대륙에서도 손꼽히는 폭풍의 용병단을 전면에 내세우고 있었다.

아단 산맥 남쪽으로 몰려온 폭풍의 용병단은 그 규모만 해도 5천이 넘었다.

게다가 대륙을 돌아다니며 실력과 경험을 쌓은 덕에 폭풍의 용병단의 용병들은 일반 병사들보다 훨씬 까다로운 상대였다.

현실적으로 판단했을 때 바람 부족이 동원할 수 있는 최대 병력은 7천 남짓에 불과했다.

그 수로는 폭풍의 용병단 하나를 감당하기조차 벅찬 게 사실이었다.

그래서 바람 부족은 주변의 이종족들이 도움의 손길을 요청했다.

다행히도 바람 부족의 사정을 전해 들은 이종족들은 이번 사건을 인간과 이종족간의 대립으로 규정하고 병력 지원을 아끼지 않겠다고 말했다.

하지만 주변 이종족들의 지원만으로는 전력적인 열세를 감당하기 어려웠다.

어렵사리 폭풍의 용병단을 넘는다 하더라도 그다음엔 아르만 공작가의 정예 병력과 싸워야 했다.

더욱이 아르만 공작가를 지원하는 지원군까지 감안해야 했다.

그들이 전부 전쟁에 합류한다면 병력의 차이는 그만큼 심해질 수밖에 없었다.

그런 와중에 라미레스 후작가가 바람 부족에게 도움의 손길을 내밀었다.

라미레스 후작가는 아르만 공작 세력에 밀리지 않도록 충분한 지원 병력은 물론이고 물자까지 공급해 주겠다는 약속을 했다.

그 대가로 라미레스 후작가가 바랐던 것은 고작 주변 광산에 대한 채굴 권리였다.

그리고 그것은 이종족인 바람 부족에게는 크게 의미가 없는 것이었다.

실제 광산 채굴권은 주로 인간들 사이에서나 통용되는 것으로 이종족과는 큰 상관이 없었다.

게다가 야수족은 채광 기술 자체가 없었다.

이종족 중에서 광산을 개발할 수 있는 건 대장장이 일족이라 불리는 드워프뿐이었다.

그러다 보니 설사 바람 부족 내에 광산이 존재한다 할지라도 아무 소용이 없었다.

열흘간 이어진 논의 끝에 라힘달은 광산 채굴 권리를 내주고 라미레스 후작가의 도움을 받기로 마음먹었다.

라크마의 복수와 바람 부족의 자존심 회복을 위해서라도 이대로 물러설 수 없는 싸움이었다.

그렇다면 최대한 아르만 공작가에게 상처를 내고 싶었다.

라힘달은 그 조건으로 라미레스 후작가에 혼인 동맹을 요구했다.

본래 야수족은 인간을 믿지 않는 편이다. 그러다 보니 라미레스 후작가가 확실히 바람 부족을 지원해 줄 것이라는 증거가 필요했다.

라미레스 후작가도 흔쾌히 혼인 동맹을 수락했다.

그래서 폭풍의 용병단의 조사가 끝나는 6일 후 바람 부족에서 성대한 결혼식을 한 뒤에 아르만 공작가에 대한 대대적인 전쟁을 선포할 계획이었다.

그런데 이 모든 게 라미레스 후작가의 계략이었다니.

라힘달로서는 인간들에게 연이어 뒤통수를 얻어맞은 기분이었다.

"대족장님, 이번 전쟁은 위험합니다. 지금이라도 처음부터 다시 생각하셔야 할 것 같습니다."

루드니가 진중한 목소리로 말했다.

아르만 공작가는 라미레스 후작가가 전력으로 돕는다 하더라도 이기기 어려운 상대였다.

하물며 라미레스 후작가를 완전히 신뢰하기도 어려워졌다.

다른 꿍꿍이를 가지고 있는 그들이 언제 어디서 어떻게 바람 부족을 배신할지 예측조차 되지 않고 있었다.

"흐음……."

라힘달의 입에서도 무거운 한숨이 흘러나왔다.

이제 와 전쟁을 뒤엎는다는 게 쉬운 결정은 아니겠지만 그 역시도 이대로 전쟁을 치러봐야 좋을 게 없다는 사실만큼은 뼈저리게 느끼고 있었다.

"다행히도 폭풍의 용병단에서 라크마 님을 살해한 범인을 찾아낸 상황입니다. 그 범인이 라미레스 후작가와 관련되어 있다는 사실을 증명하기란 쉽지 않겠지만 어쨌든 폭풍의 용병단이 약속을 지킨 만큼 전쟁을 멈출 명분으로는 충분합니다."

루드니가 재차 라힘달을 설득했다.

어차피 전쟁은 명분 싸움이었다.

첫 번째 혼인 동맹이야 아르만 공작가의 부주의로 인해 시작된 일이라지만 두 번째 혼인 동맹은 달랐다.

라미레스 후작가에서 보낸 다크 엘프가 뷔라와 라크마를 죽인 줄도 모르고 아르만 공작가와 바람 부족은 서로를 비난하기에 바빴다.

결과적으로 아르만 공작가와 바람 부족이 지금처럼 갈등을 빚은 주요 원인은 뷔라와 라크마의 죽음에 있었다.

그리고 그 책임이 아르만 공작가와 바람 부족, 어느 쪽에도 없다는 사실이 밝혀진 이상 라미레스 후작가의 바람대로 전쟁을 벌이는 건 무의미한 일이었다.

"그래서 내가…… 어떻게 하면 되겠나?"

무거운 얼굴로 한참을 고심하던 라힘달이 레이샤드를 바라봤다.

"어려운 결정을 내려 주셔서 감사합니다. 저를 믿고 제 부탁대로 해주십시오."

레이샤드가 기다렸다는 듯 눈을 반짝였다.

3

라미레스 후작가가 바람 부족의 갑작스런 통보를 받은 건 그로부터 이틀이 지나서였다.

"뭐가 어쩌고 어째? 이제 와서 전쟁을 포기하겠다니! 지금 그게 무슨 말이야!"

라미레스 후작이 당혹스런 눈으로 듀크 남작을 바라봤다.

아르만 공작가와의 전쟁이 코앞으로 다가온 상황이었다.

머릿속은 벌써 아르만 공작성을 장악하고 아르만 공작을 무릎 꿇릴 상상으로 가득 찬 상태였다.

그런데 이제 와서 바람 부족이 전쟁을 포기하겠다니.

도대체 무슨 생각을 하고 있는 것인지 짐작조차 되지 않았다.

그러자 라미레스 후작가의 정략가인 듀크 남작이 송구하다는 듯 냉큼 고개를 숙였다.

"죄송합니다, 후작님. 지난번 사람을 보냈을 때에도 별다른 이야기가 없었는데 아무래도 갑작스럽게 생각을 바꾼 모양입니다."

폭풍의 용병단에게 주어진 시간은 이제 고작 나흘밖에 남지 않은 상황이었다.

그 시간이 지나면 라미레스 후작가는 바람 부족과 혼인 동맹을 맺고 대대적으로 아르만 공작가를 공격할 계획을 세우고 있었다.

남은 나흘간 폭풍의 용병단이 진짜 범인의 정체를 알아낼 리야 만무할 터.

그래서 라미레스 후작가는 바람 부족과의 동맹을 기정사실로 여기고 있었다.

설마 바람 부족이 이런 식으로 전쟁을 포기할 것이라고는 꿈에도 생각을 하지 못했다.

"대체 이유가 뭐야? 무엇 때문에 전쟁을 포기하겠다는 거냐고!"

라미레스 후작이 화를 참지 못하고 버럭 소리쳤다.

하지만 애석하게도 듀크 남작 또한 그 이유에 대해 명확하게 알지 못했다.

"그 점에 대해서는 정보부를 통해 확인하고 있는 중입니다. 조금만 기다려 주십시오."

듀크 남작이 다시 한 번 고개를 숙였다. 그러자 라미레스 후작이 더욱 언성을 높였다.

"이제 와서 조사해 봐야 무슨 소용이야! 직접 바람 부족에 갔다 오기라도 하겠다는 말이야?"

순간이동 마법진을 이용한다 하더라도 라미레스 후작가에서 바람 부족까지는 이틀이라는 시간이 걸린다.

왕복 시간을 감안하면 최소 나흘.

중간에 조사가 길어진다면 제때 시간을 맞추기가 불가능해진다.

전쟁이란 무엇보다 때가 중요하다.

그때를 놓쳐 버리면 애써 세워놓은 전략전술이 수포로 돌아갈 수 있었다.

그 사실을 정략가인 튜크 남작도 누구보다 잘 알고 있었다.

그러다 보니 송구스러운 마음을 금할 길이 없었다.

본래 라미레스 후작은 바람 부족과의 혼인 동맹이 채결되는 즉시 아르만 공작령 쪽으로 공격해 들어갈 생각이었다.

아르만 공작가가 바람 부족 쪽에 신경을 쓰는 사이 먼저 옆구리를 치고 들어가겠다는 계산이었다.

실제로 라미레스 후작가의 병력은 10개로 분산해 아르만 공작령으로 진군 중인 상태였다.

이대로 사나흘 후면 아르만 공작가의 경계에 도착하게 될터.

그리고 공격 명령이 떨어지면 곧바로 아르만 공작령을 파고들기로 사전에 약속이 되어 있었다.

아르만 공작가보다 전력적인 열세에 있는 라미레스 후작가가 초반 승기를 잡을 수 있는 유일한 방법은 선제공격뿐이었다.

물론 아르만 공작령을 넘는다 하더라도 머잖아 아르만 공작가의 주력 부대와 맞닥뜨리겠지만 그전까지 최대한 전선을 확보해 놓아야만 유리한 고지를 선점할 수가 있었다.

하지만 이대로 전쟁이 미뤄지면 여러모로 골치 아픈 일이 벌어지고 만다.

외부에 알려지진 않았지만 라미레스 후작가는 아르만 공작가를 넘어서기 위해 10년이라는 시간을 준비해 왔다.

라미레스 후작가에서 은밀히 후원한 흑마법사를 통해 아단 산맥의 몬스터들을 규합하는 데만 4년이라는 시간이 걸렸다.

그리고 다시 6년간 몬스터들을 동원해 아르만 공작 세력을 공격하며 전력 차이를 줄이는 데 노력해 왔다.

그 결과 아르만 공작가와 정면 승부를 벌일 수 있을 만큼 전력 격차가 줄어들었다.

아직까지 라미레스 후작가에 비해 아르만 공작가가 전력적인 우위에 있는 것은 사실이지만 상대의 허점을 잘 파고든다면 충분히 승산을 높일 수 있다는 계산이 선 상태였다.

라미레스 후작가의 병력을 열 개로 쪼개어 아르만 공작령으로 진격시킨 것도 전력을 감추기 위해서다.

아마도 아르만 공작가에서는 라미레스 후작가도 몬스터들의 침입으로 적잖은 피해를 입었을 것이라 판단하고 있을 터.

그 빈틈을 노려 초반 우위를 잡아야만 전쟁을 유리하게 끌고 갈 수 있다는 생각이었다.

그런데 이대로 전쟁이 미뤄진다면 아르만 공작가의 방심을 유도해 내기가 어려워진다.

어느 영지나 마찬가지이듯 경쟁하는 영지에는 정보원을 파견하게 마련이다.

라미레스 후작가도 아르만 공작가에 적지 않은 정보원들을 보냈다.

그것은 아르만 공작가도 마찬가지일터.

결국 라미레스 후작가가 은폐시켰던 병력 규모를 확인하는 건 시간문제였다.

만일 전쟁이 며칠 늦어지는 사이에 라미레스 후작가의 전력 규모가 아르만 공작가에 노출된다면?

일시에 아르만 공작가의 허리를 잘라먹겠다는 계획 자체가 수포로 돌아가고 만다.

그러다 정말로 전쟁이 중단되기라도 한다면?

아마 한동안은 아르만 공작가를 넘볼 기회조차 잡지 못하게 될 것이다.

라미레스 후작가의 입장에서는 어떻게든 약속된 날짜에 아르만 공작가를 공격해야 했다.

그러기 위해서는 바람 부족이 지금처럼 아르만 공작가의 적대 세력으로 남아 줘야 했다.

라미레스 후작가는 현재 아르만 공작가를 직접적으로 공격할 명분이 없는 상태였다.

그렇다고 유일한 대안이었던 바람 부족의 변심을 이대로

두고 볼 수도 없는 노릇이었다.

"카투라를 준비시켜."

한참을 씩씩거리던 라미레스 후작이 뭔가를 결심한 듯 빠득 이를 갈았다.

다크 엘프 카투라.

조만간 폐기하려 했던 암살자의 이름이 다시 수면 위로 떠올랐다.

제35장

다크 엘프 카투라

1

"이번에는 누굴 죽이면 됩니까?"

한참 만에 나타난 다크 엘프가 심드렁한 목소리로 물었다.

대륙 생활을 오래 한 탓에 인간들이 사용하는 대륙어에 충분히 익숙해져 있지만 그는 마치 자신이 다크 엘프라는 사실을 증명하듯 늘상 엘프어로만 주절거렸다.

"이 녀석, 뭐라는 거야?"

라미레스 후작이 못마땅한 얼굴로 눈가를 찌푸렸다.

그러자 함께 불려온 통역관이 고개를 숙이며 대답했다.

"누구를 죽이면 되는가를 여쭌 것 같습니다."

"뭐?"

라미레스 후작이 당황한 눈으로 다크 엘프 카투라를 바라봤다.

누군가를 죽이기 위해 다크 엘프를 부른 건 사실이지만 그렇다고 이렇듯 노골적으로 물어올 것이라고는 미처 예상치 못한 얼굴이었다.

하지만 정작 카투라는 담담한 표정이었다.

암살자로 키워진 그가 부족을 나선 이후 지금껏 해왔던 일이라고는 하나같이 누구를 죽이는 것뿐이었다.

그것은 라미레스 후작가에 들어온 이후에도 마찬가지였다.

"이번에는 누굴 죽이면 됩니까?"

카투라가 똑같은 말을 내뱉었다.

그러자 헛웃음을 치던 라미레스 후작이 나직한 목소리로 대답했다.

"바람 부족의 대족장을 죽여라."

통역관이 서툰 엘프 어로 다크 엘프에게 라미레스 후작의 말을 전했다.

그러나 그전에 이미 카투라는 이맛살을 찌푸린 상태였다.

바람 부족의 대족장인 라힘달은 카투라가 지금껏 죽여 왔던 상대들과는 달랐다.

그는 부족의 지도자다. 그러다 보니 평소에도 그를 호위하는 인력이 적잖았다.

게다가 라힘달은 대전사 출신의 대족장이었다.

일족의 대족장이 전사도 아닌 대전사를 겸하는 건 흔한 일이 아니었다.

대전사는 단순히 좋은 혈통을 타고 난다고 해서 얻을 수 있는 칭호가 아니었다.

특히나 야수족의 대전사는 오로지 실력만으로 평가하기로 유명했다.

그런 점을 감안했을 때 라힘달을 암살한다는 건 결코 간단한 일이 아니었다.

"바람 부족의 대족장은 불가능합니다."

카투라가 곧바로 부정적인 의견을 내놓았다.

바람 부족의 대족장을 섣불리 죽이려 들었다간 자신의 정체까지 들통 날 수 있었다.

하지만 애석하게도 그의 말은 라미레스 후작에게 제대로 전달되지 않았다.

"조금…… 힘들 것 같다고 합니다."

통역관이 카투라의 말을 걸러 전했다.

카투라의 말을 알아듣지 못한 것은 아니지만 그렇다고 제국의 대귀족인 라미레스 후작에게 곧이곧대로 전할 수는 없는 일이었다.

그리고 라미레스 후작은 그 말을 다시 한 번 걸러 들었다.

"돈이라면 충분히 주겠다."

라미레스 후작은 카투라가 확실한 사례금을 원하는 것이라고 여겼다.

그래서 미리 준비해 두었던 금화 주머니를 책상 위에 내던졌다.

쿠우웅.

제법 묵직한 소리가 카투라의 심기를 건드렸다.

자연스럽게 매서워진 그의 시선이 금화 주머니로 향했다.

라미레스 후작가가 원하는 일을 해줄 때마다 카투라는 적지 않은 돈을 받아 왔다.

하지만 다크 엘프인 그에게 있어 인간들의 돈이란 큰 의미를 갖지 못했다.

그저 누군가를 죽인 대가로 돈을 받아왔을 뿐이지 많은 돈을 준다고 해서 목숨을 내놓고 싶은 마음은 없었다.

하지만 라미레스 후작의 입장은 달랐다.

그가 선뜻 큰돈을 내놓았다는 건 그만큼 라힘달을 죽이는 게 다급하다는 의미였다.

현재 라미레스 후작가는 바람 부족이 전쟁을 포기하려는 이유에 대해 정확하게 파악하지 못하고 있었다.

남은 시간이 여유롭다면 사람을 보내어 알아보게 하겠지만 폭풍의 용병단에게 주어진 기한은 이제 고작 4일밖에 남지 않은 상황이었다.

만에 하나 사절단이 바람 부족에서 시간을 지체하거나 바람 부족의 마음을 다시 되돌리지 못할 경우에는 계획했던 모든 것이 수포로 돌아갈 수 있었다.

라미레스 후작이 라힘달의 암살을 지시한 것도 그런 이유 때문이었다.

바람 부족이 이제 와 주저한다는 건 라힘달의 심경에 변화가 생겼다는 의미다.

그리고 그 변화는 라미레스 후작가에 불리하게 작용할 게 틀림없었다.

이 상황에서 전쟁을 강행할 수 있는 방법은 단 하나뿐이었다.

바로 라힘달이 사라지는 것.

라힘달이 죽으면 가장 먼저 아르만 공작가가 의심을 받을 것이다.

그리고 그 분위기를 몰아서 전쟁을 주도할 수 있을 것이다.

"돈이 더 필요하다면 더 주겠다."

라미레스 후작이 카투라를 똑바로 바라봤다.

그의 강렬한 시선은 자신의 선택을 번복할 마음이 없음을 대변하고 있었다.

그런 라미레스 후작을 빤히 바라보던 카투라가 이내 무겁게 한숨을 내쉬었다.

이번 일은 자신이 거절한다고 해서 해결될 수 있는 게 아니었다.

그렇다면 자신이 얻어낼 수 있는 최선의 대가를 받아내는 편이 나았다.

"돈은 필요 없습니다. 대신 날 자유롭게 해주십시오."

한참을 고심하던 카투라가 나직이 대답했다. 그 말을 통역관이 라미레스 후작에게 전했다.

"자유를 달라."

라미레스 후작이 살짝 눈가를 찌푸렸다.

고작 다크 엘프 주제에 돈을 마다하고 자유를 갈구하는 카투라의 태도가 마음에 들지 않은 것이다.

라미레스 후작이 카투라를 가문에 들인 건 검은 불꽃 부족과의 계약 때문이었다.

숲의 축복을 받지 못하는 다크 엘프들은 대개 수백 년 주기로 터전을 옮기며 살아간다.

검은 불꽃 부족도 새 터전을 찾기 위해 사방에 부족의 전사들을 파견했다.

그리고 라미레스 후작가의 권역인 아단 산맥에 부족의 터전으로 적합한 땅을 발견할 수 있었다.

검은 불꽃 부족은 은밀히 라미레스 후작가의 권역에 자리를 잡으려 했다.

하지만 수천여 명에 달하는 부족민의 이주를 감지하지 못할 만큼 라미레스 후작가는 허술한 곳이 아니었다.

이주가 시작된 지 얼마 지나지 않아 라미레스 후작가의 병사들이 검은 불꽃 부족의 앞을 가로막았다.

라미레스 후작은 후작령에 다크 엘프들이 들어오는 걸 용납하려 하지 않았다.

이웃한 이종족과의 마찰은 모든 영주가 가장 골치 아파 하는 일이었다.

하물며 라미레스 후작은 자신의 영지에 허락도 없이 들어오려는 이종족들을 허용할 마음이 추호도 없었다.

그러나 이미 본래 살고 있던 터전을 정리해 버린 검은 불꽃 부족은 달리 돌아갈 길이 없었다.

"부탁입니다. 우리가 이곳에 살 수 있도록 허락해 주십시오."

궁지에 몰린 검은 불꽃 부족의 부족장은 직접 라미레스 후작을 찾았다.

그리고 검은 불꽃 부족이 살 수 있는 터전을 내어달라고 청했다.

처음에는 시큰둥해하던 라미레스 후작도 검은 불꽃 부족이 암살 부족으로 이름이 높다는 사실을 전해 듣고는 생각을 바꿨다.

유능한 부족원 한 명을 평생 부리는 대가로 검은 불꽃 부족의 이주를 허락한 것이다.

어차피 검은 불꽃 부족이 살길 원하는 땅은 아단 산맥과 접한 외지에 불과했다.

제국의 행정 구역상 라미레스 후작가의 영역에 속해 있을 뿐이지 실제 사람의 발길이 닿는 곳이 아니었다.

그래서 검은 불꽃 부족을 대신해 카투라가 라미레스 후작가에 들어오게 됐다.

그것이 벌써 10년 전의 일이다. 그리고 카투라는 라미레스 후작가에서의 생활에 지쳐가고 있었다.

만일 라미레스 후작이 자유를 허락한다면 카투라도 불가능한 일에 도전할 용의가 있었다.

평생의 구속에서 해방될 수 있다면 한 번쯤은 목숨을 걸어볼만도 했다.

"흠……."

라미레스 후작이 나직이 신음했다.

카투라의 쓰임새가 아깝긴 했지만 지금은 라힘달을 죽이는 게 우선이었다.

라힘달을 죽일 수만 있다면 무엇이든 망설일 이유가 없었다.

"좋다. 약속하겠다."

라미레스 후작이 이내 고개를 끄덕였다.

어차피 검은 불꽃 부족은 라미레스 후작가의 영역 내에 머무는 상황이었다.

터전의 유지를 위해서라도 라미레스 후작이 원한다면 검은 불꽃 부족은 언제든 암살자를 보내야 했다.

"알겠습니다."

라미레스 후작의 확답을 받은 카투라가 무겁게 고개를 숙였다.

그렇게 카투라에게도 라힘달을 죽일 간절한 이유가 생겼다.

2

라미레스 후작가를 나선 카투라는 일단 아단 산맥 쪽으로 향했다.

암살자로 이름 높은 불꽃 부족의 다크 엘프가 라미레스 후작령을 지나 아무렇지도 않게 들어갈 만큼 바람 부족의 경계는 허술하지 않았다.

카투라는 아단 산맥의 험지를 쉬지 않고 내달렸다. 그리고 정확하게 이틀 후에 바람 부족의 거주지에 도착할 수 있었다.

거주지 내에서 대족장인 라힘달의 처소를 찾는 건 쉬운 일이었다.

거주지에 즐비해 있는 수많은 오두막 중 가장 크고 높은 오두막이 바로 대족장의 처소였다.

"저기군."

눈에 띠는 오두막을 발견한 카투라는 일단 몸을 숨겼다.

바람 부족이 기감이 뛰어난 이종족이다 보니 해가 지기 전에 라힘달의 오두막으로 접근하는 건 위험한 생각이었다.

얼마 지나지 않아 해가 졌다. 그리고 짙은 어둠이 찾아왔다.

시커먼 어둠이 부족을 뒤덮었지만 오두막 중 어디에도 불꽃은 보이지 않았다.

본래 야수족들은 밤눈이 밝았다.

밤에 불을 켜지 않아도 사물을 뚜렷하게 구분할 수 있었다.

게다가 인간들의 피를 물려받았다곤 하지만 야수족들의 본성은 야수에 가까웠다.

그래서 본능적으로 불을 멀리하는 경향이 있었다.

카투라는 바로 그 틈을 이용했다.

다크 엘프는 밤에 특화된 종족이었다.

야수족들의 밤눈이 밝다고 해도 어둠 속에서 다크 엘프의 움직임을 완벽하게 식별해 내기란 쉬운 일이 아니었다.

휘익. 휘익.

날카로운 바람 소리가 나부낄 때마다 카투라의 몸은 대족장의 오두막에 점점 가까워졌다.

부족을 지키는 야수족 전사들이 거주지를 돌아다니고 있었지만 누구 하나 카투라의 침입을 눈치채지 못했다.

"후우……."

어렵지 않게 대족장의 오두막에 도착한 카투라는 일단 숨을 골랐다.

그리고 청각을 활짝 열어 오두막 안의 상황부터 살폈다.

본래 야수족들은 종종 번식의 욕구가 강하다.

그래서 사내들은 나이가 들어서도 여자들과 잠자리를 갖는 경우가 빈번했다.

대족장과 같은 높은 위치에 있는 경우에는 그 정도가 더 심했다.

자신의 건재함을 보이기 위해 의도적으로 정사에 열중하곤 했다.

카투라도 가급적이면 라힘달이 여자와 함께 있기를 바랐다.

라힘달이 한눈을 팔아준다면 그를 최대한 빨리 제거할 수 있을 것 같았다.

하지만 애석하게도 오두막 안에서는 아무 소리도 들리지 않았다.

벌써 잠에 든 것일까? 아니면 잠깐 자리를 비운 것일까. 그것도 아니라면 자신이 찾아온다는 것을 눈치챈 것일까.

'어찌한다.'

카투라는 쉽게 결정을 내리지 못했다.

만에 하나라도 오두막 안에 전사들이 숨어 있다면 아마 목숨을 부지하기 어려울 것이다.

그때였다.

고심하던 카투라의 귓가에 다소 미약한 숨소리가 들려왔다.

'곯아떨어진 모양이군.'

카투라가 어렵사리 평정심을 되찾았다.

다른 야수족들에 비해 숨소리가 좀 작게 들리긴 했지만 그점을 크게 신경 쓰지 않았다.

오히려 라힘달이 잠을 자고 있다는 사실을 기회로 여겼다.

카투라는 발소리를 죽이며 조심스럽게 라힘달의 오두막 안으로 숨어들었다.

오두막 안의 구조는 단순했다.

대족장이 머물고 있어서 크게 지어졌을 뿐 야생에 가까운 야수족들의 풍습상 인간들처럼 가구들을 갖춰놓고 지내지 않았다.

오두막 구석에는 큼지막한 평상이 놓여 있었다. 그리고 그 위에 다소 호리호리한 누군가가 천막 쪽으로 돌아누워 있었다.

상대가 라힘달만 아니었다면 카투라는 조금 더 신중하게 움직였을 것이다.

하지만 라힘달을 죽이고 곧장 바람 부족을 빠져나가야 한다는 부담감 때문일까.

카투라는 상대를 확인하지도 않고 무작정 단검을 뽑아 들었다.

스아앗.

날카로운 마찰음이 어둠을 울렸다. 그와 함께 서슬 퍼런 단검이 모습을 드러냈다.

카투라는 의식처럼 단검 끝을 혀로 핥았다.

지금껏 자신을 위해 수많은 이의 목숨을 빼앗아준 고마운 녀석이다.

이번에도 자신을 배신하지 않길 바라는 마음을 담은 것이다.

다시 단검을 단단히 고쳐 잡은 뒤 카투라는 침대에 누워 있는 누군가의 등을 노려보았다.

상대가 편히 누워 있는 상태에서 위에서 아래로 심장을 찌르는 게 가장 편하긴 했지만 지금처럼 옆으로 돌아누워 있어도 상관없었다.

검은 불꽃 부족의 암살 기술 중에는 등 찌르기가 있었다.

등을 진 상대의 심장을 정확하게 파악해 몸을 날려 단숨에 단검을 쑤셔 박는 기술이었다.

'대충 저 정도겠지.'

심장의 위치를 가늠한 카투라가 살짝 몸을 굽혔다.

그리고 아랫배에 힘을 준 뒤에 화살처럼 앞으로 튕겨져 나갔다.

순식간에 침대 앞까지 다가온 카투라가 있는 힘껏 단검을 찔러 넣었다.

바로 그 순간,

후아아아앗!

어딘가에서 일어난 강력한 마력이 카투라의 온몸을 꽁꽁 묶어버렸다.

'이, 이건……!'

카투라가 놀란 듯 눈을 부릅떴다. 아니, 부릅뜨려 했다.

하지만 마력에 붙잡힌 그는 털 끝 하나 뜻대로 움직일 수가 없었다.

그러는 사이 어둠 속에 숨어 있던 엘리자베스 일행이 모습을 드러냈다.

'다, 당했다!'

본능적으로 함정에 빠졌음을 직감한 카투라가 혀를 움직이려 애썼다.

이런 때를 준비해 상시 가지고 다니던 독약을 깨물어 자진하기 위해서였다.

하지만 애석하게도 혀 또한 움직여지지 않았다.

카투라가 용을 써 봤지만 소용없었다.

엘리자베스가 펼친 마력은 일개 다크 엘프가 감당할 만큼 호락호락한 게 아니었다.

"감히 너 따위가 날 이겨 보겠다는 거야? 반항해 봐야 아무 소용없어."

카투라의 옆으로 다가온 엘리자베스가 슬쩍 입가를 비틀었다.

그리고는 옆으로 누워 있던 누군가의 어깨를 잡아당겨 바로 눕혔다.

그 순간 카투라는 경악을 감추지 못했다.

라힘달일 것이라 여겼던 대상이 다름 아닌 인간이었던 것이다.

게다가 그 인간은 평범한 대역이 아니었다.

체격을 감추기 위해 두꺼운 가죽 옷을 몇 겹이나 껴입으면

서까지 미끼를 자처해 잠이 든 건 다름 아닌 레이샤드였다.

"레이샤드는 레오니스 제국의 황족이야. 그리고 넌 그를 죽이려고 했어."

당황해하는 카투라의 뺨을 쓰다듬으며 엘리자베스가 음산한 목소리로 중얼거렸다.

자연스럽게 카투라의 표정이 딱딱하게 굳어졌다.

척 봐도 귀한 신분인 것처럼 보였던 인간이 정말 레오니스 제국의 황족이라면!

자신은 물론이고 검은 불꽃 부족 전체가 화를 입게 될 수 있었다.

만일 카투라가 인간이었다면 어떻게든 이 상황을 모면하려 했을 것이다.

라힘달을 죽이기 위해 들어온 것은 사실이나 레이샤드가 누워 있을 줄은 몰랐다며 살려달라고 애원했을 것이다.

하지만 카투라는 다크 엘프였다. 그리고 다크 엘프는 변명이라는 것을 모르는 일족이었다.

카투라는 자신으로 인해 검은 불꽃 부족까지 위험해졌다는 사실을 자책하고 또 자책했다.

그런 카투라의 심정이 흔들리는 눈빛을 통해 엘리자베스에게 전해졌다.

"살고 싶어? 그럼 레이샤드에게 복종해. 그럼 너는 물론이고 네 부족도 살 수 있는 기회를 주겠어."

엘리자베스가 나직이 속삭였다.

그 순간 절망에 빠져 있던 카투라의 눈이 꿈틀거리기 시작했다.

자신이 죽이려 했던 자는 제국의 황족이다.

그리고 그를 따르는 자들은 자신을 단숨에 제압할 만큼 엄청난 힘을 가지고 있다.

절대적인 강한 힘에 굴복하는 건 인간을 포함한 모든 피조물의 공통된 습성이었다.

그것은 카투라라고 해서 예외일 수 없었다.

만일 엘리자베스의 제안을 거절한다면 어떻게 될까?

아마 자신은 물론이고 검은 불꽃 부족은 이 세상에서 사라지고 말 것이다.

어쩌면 그 여파가 다른 다크 엘프들은 물론이고 이종족에게까지 번질지도 몰랐다.

'알겠습니다.'

잠시 고심하던 카투라가 엘리자베스를 똑바로 바라봤다.

그의 눈빛이 마음에 들었던지 엘리자베스가 가볍게 웃어보였다.

3

레이샤드가 아베론 영지를 떠나 아르만 공작가에 도착했다는 소식은 제국 황실에도 전해졌다.

로베르토 대공은 지금껏 단 한 번도 아베론 영지를 벗어나 본 적이 없는 레이샤드의 첫 번째 제국행에 관심을 보였다.

그래서 알만도에게 레이샤드의 움직임에 대해 하나도 빠짐없이 보고하라고 지시를 내렸다.

알만도는 황실 정보부를 총동원해 레이샤드의 행적을 쫓았다.

그 과정에서 레이샤드가 암살이 될 뻔했다는 사실도 전해 들었다.

"뭣이라!"

상세한 보고를 받은 로베르토 대공은 충격을 감추지 못했다.

전후사정을 떠나 다른 이도 아니고 감히 제국의 황족을 죽이려 했다니.

그리고 그 대상이 제국의 귀족인 라미레스 후작이라니.

황실의 큰 어른으로서 도저히 용납할 수 없는 일이 벌어진 것이다.

게다가 라미레스 후작은 칼슈타트 황제의 편에 선 자였다.

칼슈타트 황제에게 힘이 되기 위해 북동부의 분열을 조장한 당사자이기도 했다.

그러다 보니 로베르토 대공은 이번 암살 미수 사건을 칼슈타트 황제와 연관 지어버렸다.

"지금 즉시 황실의 이름으로 라미레스 후작을 소환해라! 어서!"

로베르토 대공이 버럭 악을 내질렀다.

그의 목소리가 황궁을 넘어 황도 전체를 쩌렁하게 울렸다.

4

"큰일 났습니다!"

초조하게 카투라의 소식을 기다리던 라미레스 후작에게 듀크 남작이 호들갑스럽게 달려왔다.

"큰일이라니! 설마…… 실패한 거야?"

라미레스 후작의 표정이 와락 일그러졌다.

만에 하나라도 카투라가 실패를 한다면 10년을 준비한 전쟁이 물거품이 될 수 있었다.

하지만 지금은 전쟁을 걱정할 상황이 아니었다.

"화, 황실에서 소환장을 보내 왔습니다!"

듀크 남작이 거칠게 헐떡거리며 말했다.

그러자 라미레스 후작이 놀란 눈으로 듀크 남작을 바라봤다.

황실의 소환장이란 황실에 중죄를 지은 죄인들에게나 내려지는 것이었다.

그리고 소환장의 위력은 절대적이었다.

설사 황실에서 소환장을 잘못 보냈다 하더라도 당사자에게는 거절할 권한이 없었다.

"소환장이라니? 대체 그게 무슨 말이야!"

라미레스 후작이 버럭 소리를 내질렀다.

지금껏 제국에 충성을 다하며 살아왔던 자신이 갑작스럽게 황실의 소환장을 받았다는 사실이 믿기지 않은 얼굴이었다.

"그, 그게 후작님께서 황족 암살을 시도했다는 오해를 받으신 모양입니다."

듀크 남작이 말을 더듬었다. 그러자 라미레스 후작이 입을 쩍 하고 벌렸다.

황족 암살 시도.

그것은 제국법상 반역에 해당하는 중죄나 마찬가지였다.

"허⋯⋯!"

라미레스 후작은 순간 할 말을 잃어버렸다.

흡사 뒤통수를 망치로 얻어맞은 것 같은 충격에 머리까지 어지러웠다.

"뭐가 어떻게 된 일인지 설명해 봐."

한참 만에 정신을 차린 라미레스 후작이 힘겨운 목소리로 중얼거렸다.

대충 전후 사정이라도 알아야 대책을 마련할 수가 있었다.

"조금 전에 들어온 정보에 따르면 아르만 공작령에 있던 레이샤드 황자가 바람 부족에 머물고 있었다고 합니다. 어쩌면 카투라가 바람 부족의 부족장을 암살하는 과정에서 레이샤드 황자 일행과 충돌했을 가능성이 높아 보입니다."

몇 가지 정보를 바탕으로 듀크 남작이 나름의 상황을 정리했다.

레이샤드의 입장에서는 라힘달의 암살을 위해 보낸 카투라가 자신을 죽이기 위해 온 것이라 오해할 수도 있었다.

비록 정확하진 않겠지만 지금으로서는 가장 그럴듯한 추측이었다.

"그러니까 하필 레이샤드 황자가 바람 부족에 머무르고 있었단 말인가?"

전후 사정을 전해 들은 라미레스 후작은 그저 헛웃음만 났다.

공교롭게도 일이 꼬여 버렸지만 바람 부족에 카투라를 보낸 이상 결백을 밝히기란 불가능해 보였다.

"어찌하시겠습니까? 지금이라도 루바딘 공작님께 연락을 넣을까요?"

듀크 남작이 조심스럽게 물었다.

지금 라미레스 후작에게 도움을 줄 수 있는 유일한 사람은 칼슈타트 황제밖에 없었다.

루바딘 공작은 칼슈타트 황제가 가장 신임하는 귀족이었다.

루바딘 공작이 라미레스 후작이 처한 사실을 알게 된다면 필시 칼슈타트 황제에게 보고를 할 게 분명했다.

하지만 라미레스 후작은 이내 고개를 흔들었다.

이번 일에 칼슈타트 황제를 끌어들여 좋을 건 아무것도 없었다.

라미레스 후작이 무리해서 북동부의 주도권을 쥐려 했던 건 칼슈타트 황제를 돕기 위해서였다.

정확하게는 칼슈타트 황제에게 힘을 보태어 아르만 공작가를 누르고 공작이 되기 위해서였다.

칼슈타트 황제가 은밀히 라미레스 후작가를 후원하고 있는 것도 자신에게 힘이 되어달라는 의미였다.

지금처럼 황실과의 불화에 끌어들이라는 뜻은 결코 아니었다.

이번 일은 어떻게든 홀로 해결해야 했다. 쓸데없이 칼슈타트 황제의 힘을 빌리려 했다간 오히려 버림받을 가능성이 높았다.

"레이샤드 황자는 아직도 바람 부족에 있나?"

라미레스 후작이 듀크 남작을 바라봤다.

그러자 눈치 빠른 듀크 남작이 라미레스 후작의 속내를 읽어냈다.

"레이샤드 황자를 직접 만나실 생각이십니까?"

"그래, 지금으로서는 그 방법이 최선이야."

전후사정을 정확하게 알지 못하는 라미레스 후작은 라힘 달의 암살 시도 과정에서 레이샤드가 다소 불쾌한 감정을 가졌을 것이라 짐작했다.

그래서 직접 찾아가서 레이샤드를 어르고 달래면 황실과의 갈등도 해결될 수 있을 것이라고 판단했다.

"그렇다면 전쟁은 어찌하시겠습니까?"

고개를 끄덕이던 듀크 남직이 나직이 물었다.

물론 지금 상황에서 전쟁이 중요한 건 아니었다.

하지만 현재 라미레스 후작가의 주병력은 아르만 공작령과의 국경에 머무르고 있었다.

라미레스 후작이 명령만 내린다면 그 즉시 아르만 공작가로 쳐들어갈 준비를 마친 상태였다.

그러다 보니 만에 하나 있을지 모를 분란을 막기 위해서라도 출전한 병력에 대해서는 확실히 조치할 필요가 있었다.

"전쟁은…… 일단 보류한다."

라미레스 후작이 나직이 한숨을 내쉬었다.

생각지도 못한 일에 발목을 잡혀 버린 탓에 10년간 준비해 온 전쟁을 시작도 하지 못하고 중단하게 생겼다.

그렇다고 무작정 전쟁을 강행할 수는 없는 일이었다.

이미 레이샤드에 대한 암살 혐의로 황실로부터 소환령을 받은 상황이었다.

그 와중에 전쟁을 일으켰다간 명분을 잃음은 물론이고 제국과 황실에 대한 반역으로 비춰질 수 있었다.

제36장

제국 북동부 Part 1

1

"얼마라고?"

"정확하게 파악하는 데 다소 시간이 걸리겠지만 정찰병들의 보고를 감안했을 때 대략 7만 정도인 것 같습니다."

"허, 7만?"

아넬의 보고를 받은 아르만 공작은 그저 헛웃음만 났다.

현재 아르만 공작령의 국경까지 밀어닥친 라미레스 후작가의 병력이 무려 7만에 달한다고 했다.

7만은 라미레스 후작령의 규모를 훨씬 뛰어넘는 병력이었다.

라미레스 후작령보다 2배 가까이 큰 아르만 공작가의 총병력도 고작 8만에 불과한 상황이었다.

게다가 그 8만의 병력 중 2만은 최근에 충원이 된 병력이었다.

병사들의 전투력은 훈련과 경험에 비례한다. 영지전과 같은 중요한 전쟁에서 머릿수만 채운 2만의 병력은 큰 도움이 되지 못할 가능성이 높았다.

만일 이대로 전쟁이 일어났다면 아르만 공작가는 좀처럼 승기를 잡지 못했을 것이다.

물론 전력이 서로 비등한 상태다 보니 일방적으로 밀리지는 않겠지만 라미레스 후작가를 얕잡아 본 대가를 톡톡히 치렀을 것이다.

그러나 다행히도 전쟁은 중단되었다.

아르만 공작령의 국경까지 밀고 왔던 라미레스 후작가의 병력이 꼼짝도 하지 못하는 것으로 봐서는 라미레스 후작가도 무리하게 전쟁을 강행할 생각이 없는 것 같았다.

"레이샤드 님이 아니었으면 큰일 날 뻔했군그래."

아르만 공작이 이내 안도의 한숨을 내쉬었다.

북동부를 주도해 왔던 아르만 공작가의 주인의 입장에서 체면이 말이 아니었지만 그래도 최악의 상황을 면할 수 있었다는 사실만큼은 고마울 수밖에 없었다.

"그래도 만약을 대비해 병력들을 서둘러 라미레스 후작령과의 국경 쪽으로 이동시키고 있습니다."

아넬이 어색하게 웃으며 고개를 숙였다.

무슨 이유에서인지는 모르겠지만 갑자기 황실에서 소환령을 내려준 덕분에 라미레스 후작의 손이 묶여 버린 상황이었다.

만에 하나 이대로 전쟁이 강행되더라도 아르만 공작가는 전쟁에 대비할 수 있는 준비를 갖출 시간을 벌게 됐다.

아마 그 사실만으로도 라미레스 후작에게는 상당한 부담감으로 작용할 것이다.

"그건 그렇고 라미레스 후작이 레이샤드 님을 암살하려 했다는 게 사실인가?"

아르만 공작이 궁금한 얼굴로 아넬을 바라봤다.

그가 아는 라미레스 후작은 상당히 이성적이고 계산적이었다.

당연히 결코 무모한 일을 저지를 자가 아니었다.

그런데 제국의 황족을 살해하려 했다니. 도무지 이해가 가지 않았다.

그러자 아넬의 입가에 맺힌 웃음이 더욱 진해졌다.

"저도 그 점이 의아해 확인을 해봤는데 바람 부족에서 재미있는 일이 생겼던 모양입니다."

"재미있는 일이라니?"

"라미레스 후작 쪽에서 바람 부족의 부족장을 죽이기 위해 암살자를 보낸 모양입니다. 그런데 바람 부족 부족장의 처소에 레이샤드 님이 계셨다고 합니다."

"그래서? 레이샤드 님은 무사하시고?"

"다행히 별일은 없으셨다는데 재미있는 사실은 레이샤드 님께서 바람 부족 부족장의 처소에 계신 게 우연이 아니었다는 점입니다."

"우연이 아니면? 설마 일부러 계셨단 말인가?"

"네, 그러니 그 사실을 알게 된 황실에서 저렇듯 격분한 게 아니겠습니까?"

"허……!"

아르만 공작은 다시 헛웃음을 흘렸다.

처음 봤을 때부터 영특하다는 사실은 알았지만 그런 기지까지 발휘했을 줄은 미처 생각지도 못했다는 표정이었다.

"단순히 오해 때문에 벌어진 일이 아니라면 라미레스 후작도 당분간 고생깨나 하겠군그래."

아르만 공작은 레이샤드가 황족 신분을 이용해 아르만 공작가에 잠시 시간을 벌어준 것이라 여겼다.

그래서 라미레스 후작가와의 전쟁을 계속 염두에 두고 있었다.

하지만 돌아가는 상황으로 봐서는 제아무리 라미레스 후작이라 할지라도 전쟁을 일으키기 어려워 보였다.

"저 역시 같은 생각입니다. 아마 이번 일로 인해 많은 것을 잃게 될지 모르겠습니다."

아넬이 내심 고소하다는 표정을 지었다.

정보 담당관으로서 라미레스 후작의 잔꾀에 넘어갔다는 사실이 아직도 분한 모양이었다.

"어쨌든 나도 레이샤드 님께 답례를 해야겠어. 이토록 큰 선물을 받았는데 그냥 넘어간다는 건 말도 안 되는 일이지. 안 그런가?"

아르만 공작이 기분 좋은 얼굴로 웃었다.

껄끄러웠던 바람 부족과의 갈등을 해결해 줌은 물론이고 라미레스 후작가와의 전쟁까지 막아주었으니 레이샤드에게 어떻게든 보답을 해야 할 것 같았다.

하지만 마땅히 보답할 만한 게 생각나지 않았다.

만일 레이샤드가 일개 귀족이었다면 금화나 이권을 통해 보상하려 했을 것이다.

그러나 레이샤드는 아베론 영지의 영주이기 이전에 제국의 황족이었다.

게다가 황위 계승권까지 지니고 있었다.

그런 레이샤드에게 섣불리 물질적인 보상을 하려 했다간

오히려 반발을 사게 될 수 있었다.

그러자 아넬이 기다렸다는 듯이 고개를 숙였다.

"아직 레이샤드 님께서 혼인을 하지 않으신 것으로 알고 있습니다만……."

"혼인이라."

"아마 이번 일로 인해 라미레스 후작가의 힘은 많이 위축될 가능성이 높습니다. 자연스럽게 공작님의 힘은 강화되겠지요. 그 힘이 황실로 모아진다면 황실에서 계획 중인 혈통 복원도 가능해지지 않겠습니까?"

현재 로베르토 대공을 필두로 한 황실 세력은 칼슈타트 황제가 찬탈해 간 황위를 제자리로 되돌리려 노력하고 있었다.

그리고 그 과정에서 차기 황제로 거론되는 게 바로 레이샤드였다.

물론 지금까지는 레이샤드가 하르베스 폐황태자의 아들이자 레오니스 제국의 황족이라는 이유만으로 그 가능성을 언급했던 게 사실이다.

하지만 이번 일이 귀족들에게 알려진다면 상황은 달라질 것이다.

레이샤드가 홀로 전쟁을 막고 칼슈타트 황제의 수족이라 자처하던 라미레스 후작가를 꺾어놓았으니 차기 황제로서의 자질을 충분히 인정받게 될 것이다.

게다가 아넬의 말처럼 라미레스 후작가가 쇠퇴하고 아르만 공작가가 그 덕을 보아 북동부를 완전히 규합하게 된다면 황실의 입장에서도 큰 힘이 될 수 있었다.

반대로 북동부의 견제력을 잃은 칼슈타트 황제 세력은 그만큼 황위를 지키기가 어려워지게 될 것이다.

황실파를 지지하는 아르만 공작가로서는 이보다 더 좋은 결과는 없었다.

하지만 엄밀히 따져 봤을 때 이번 일로 인해 아르만 공작가가 얻는 이익이라고는 북동부의 주도권을 공고히 했다는 것밖에 없었다.

원칙적인 입장에서 아르만 공작가가 황실을 따르고 있지만 그로 인해 아르만 공작가가 누릴 반사 이익은 그리 많지 않은 게 사실이었다.

지금처럼 앞으로도 북동부의 수장으로서 영향력을 행사할 수 있다는 것 정도가 고작이었다.

그러나 아넬의 말처럼 아르만 공작가와 레이샤드가 결합한다면 이야기는 달라진다.

차기 황제가 될 가능성이 높은 레이샤드에게 아르만 공작가의 여자를 시집보낸다는 건 곧 황후를 낸다는 의미나 마찬가지였다.

지금껏 황제의 첫 번째 부인인 황후는 주로 황도 주변의 유력 가문에서 배출하곤 했다.

그것도 철저하게 정략적인 입장을 따랐다.

그러다 보니 변방에 머무르고 있는 아르만 공작가가 황실의 인척이 되기란 쉽지 않았다.

하지만 지금은 달랐다.

레이샤드가 아베론 영지를 떠나 처음 방문한 곳이 공교롭게도 아르만 공작가였다.

그 인연을 발전시켜 나간다면 황도 주변의 귀족들보다 유리한 고지를 선점할 수도 있었다.

설사 아르만 공작가의 여자가 황후가 되지 못한다 해도 상관없었다.

황비 중 한 자리만 차지해도 아르만 공작가가 손해 볼 일은 전혀 없었다.

그것은 레이샤드도 마찬가지였다.

아직 황실의 공식적인 지지가 이루어지지 않은 상황에서 아르만 공작가라는 든든한 가문을 배경으로 둔다면 추후 황위 계승전에 참여할 때 확실한 도움이 될 터였다.

"아주 좋은 생각이야."

아르만 공작이 만족스런 얼굴로 고개를 끄덕였다.

확실히 그렇게 될 수만 있다면 변방에 머무르고 있는 아르만 공작가가 한 단계 도약하는 것도 가능해진다.

"그럼 조만간 거창한 연회를 베푸시는 게 어떻겠습니까?"

아넬이 조금 더 이야기를 진행시켰다.

본래 귀족 간의 혼담은 연회와 같은 사교 행사를 통해 이루어지게 마련이었다.

"좋아. 그렇게 하게. 이번 기회에 레이샤드 님께 아르만 공작가의 영향력을 확실히 보여주는 게 좋겠어."

아르만 공작이 한술 더 떠 말했다.

그렇게 레이샤드를 위한 특별 연회가 빠르게 진행되었다.

2

붙잡힌 카투라는 라힘달과 바람 부족의 장로들 앞에서 라미레스 후작의 음모를 전부 털어놓았다.

만일 카투라가 평범한 다크 엘프 암살자였다면 죽는 한이 있더라도 비밀을 지켰을 것이다.

하지만 카투라는 10년이나 인간들과 어울려 지내 왔다. 그러다 보니 이 세상을 살아가는 방법을 인간들만큼이나 잘 알고 있었다.

"그게 정말입니까?"

"세상에! 어찌 라미레스 후작이 우리에게 그럴 수 있단 말입니까!"

"옛말이 틀린 게 하나도 없습니다. 제가 뭐랬습니까? 인간은 믿을 족속이 못 된다고 하지 않았습니까!"

"족장님, 뭘 망설이십니까? 지금이라도 우리를 농락한 라미레스 후작가를 응징해야 합니다!"

"맞습니다! 어서 명령을 내려주십시오. 이 한 몸 바쳐서라도 라미레스 후작가 놈들을 가만 두지 않겠습니다!"

"라미레스 후작가 놈들에게 복수해야 합니다!"

장로들은 하나같이 흥분하며 언성을 높였다.

라미레스 후작가와 은밀히 유대 관계를 형성해 놓았던 라힘달의 장자 로하임이 나서서 분위기를 수습하려 했지만 워낙 강경한 이들이 많다 보니 소용이 없었다.

그 분위기에 휩쓸린 라힘달도 내심 울컥한 감정이 치밀어 올랐다.

정말 마음 같아서는 바람 부족의 모든 전사를 이끌고 라미레스 후작가를 응징하고 싶은 생각이었다.

하지만 현실적으로 바람 부족이 라미레스 후작가를 상대로 승리할 가능성은 희박하다 못해 없다시피 했다.

라미레스 후작가는 자신보다도 덩치가 큰 아르만 공작가를 무너뜨리기 위해 10년을 준비해 왔다.

그런 곳에서 바람 부족의 공격을 막아내지 못할 리 없었다.

"지금은 그런 게 중요한 게 아니오! 비록 라미레스 후작가의 농간에 놀아났다는 사실이 비참하고 굴욕스럽긴 하지만 그렇다고 해서 감정적으로 전쟁을 일으키자니! 지금 제정신으로 하는 말이오?"

라힘달이 애써 평정심을 유지했다.

이번 아르만 공작가와의 전쟁 준비를 통해 알게 된 사실은 바람 부족은 물론이고 주변의 이종족들이 전부 힘을 합쳐봐야 이길 수 없는 싸움이라는 것이다.

"그럼 대족장께서는 이대로 참고 넘기실 생각이십니까?"

성질 급한 장로 하나가 라힘달에게 따져 물었다.

그 소리에 발끈한 라힘달이 대답 대신 매서운 눈으로 장로를 노려보았다.

그러자 그 기세에 눌린 장로가 끄응 하며 앓는 소리를 흘렸다.

비록 나이가 들었다고는 하지만 라힘달의 권위는 아직 살아 있었다.

인간들과 동맹을 진행하는 과정에서 장로들에게 많은 것을 양보해 왔지만 이런 위급 상황에서까지 목소리를 낮출 만큼 라힘달은 호락호락하지 않았다.

"나 역시 라크마의 복수를 하고 싶은 심정이오. 라크마는 내 자식이오! 내 분노는 그 누구보다 크단 말이오! 하지만 현실을 보시오! 우리가 정말 인간들과 싸워 이길 수 있을 것 같소? 물론 대족장인 내가 명령을 내린다면 충성스러운 전사들은 목숨을 걸고 싸울 것이오. 하지만 그뿐이오. 이길 수 없는 싸움이오. 라크마의 억울함을 풀겠다고 부족 전체를 위험에 빠뜨릴 수는 없단 말이오!"

라힘달이 다소 격앙된 목소리로 소리쳤다. 그러자 웅성거리던 장로들이 일시에 입을 다물었다.

라힘달은 분명 라미레스 후작가를 적으로 돌리는 게 부족을 위험에 빠뜨리는 일이라고 단정 지었다.

냉정하게 판단했을 때 라미레스 후작가와 싸워 이길 수 없다는 결론을 내린 것이다.

인간들과 동맹을 진행하기 전까지 라힘달의 판단은 늘 옳았다.

다소 시행착오가 없지 않았지만 라힘달의 결정이 지금껏 부족에 피해를 끼친 적도 없었다.

하지만 무조건 참기만 하기에는 야수족의 본성을 억누르기가 어려웠다.

그것은 입술을 질근 깨물고 있는 라힘달도 마찬가지였다.

"제가 몇 말씀드리지요."

분위기를 살피던 장로 루드니가 라힘달에 이어 말을 이었다.

그는 레이샤드에게 전해 들은 정보를 바탕으로 장로들을

차근차근 설득해 나갔다.

처음에는 감정만 앞세우던 장로들도 이내 고개를 끄덕거렸다.

자신들이 얼마나 무모한 생각을 하고 있었는지 여실히 깨달은 것이다.

하지만 모두가 라힘달의 뜻에 공감한 것은 아니었다. 개중에는 그래도 끝까지 불복하는 자들이 있었다.

그들 중 하나가 구석에 무릎 꿇린 카투라를 가리키며 소리쳤다.

"그럼 저자는 어떻게 하실 생각이십니까?"

라미레스 후작가를 응징할 수 없다면 카투라라도 죽여서 바람 부족의 자존심을 살리자는 표정이었다.

"죽여야 합니다."

"맞습니다. 살려둘 수 없습니다."

몇몇 장로가 합심해 소리쳤다.

일개 부족원이 살해당해도 똑같이 갚아주는 게 바람 부족의 원칙이다.

하물며 차기 부족장으로 거론되던 라크마가 죽은 상황이었다.

카투라는 물론이고 그가 속한 부족 전체를 멸한다 해도 분이 풀리지 않았다.

라힘달도 처음에는 카투라를 죽이고 싶었다. 아니, 당연히 죽여야 한다고 생각했다.

하지만 레이샤드는 카투라를 죽여서는 안 된다고 말했다.

대신 카투라와 그의 부족을 이용해 라미레스 후작가에게 최소한의 복수를 하는 길이 더 나을 것이라고 충고했다.

평생을 야수족으로 살아온 라힘달은 레이샤드의 말이 쉽게 이해가 되지 않았다.

무엇이 이익이고 손해인지를 떠나 야수족의 입장에서 옳은 게 옳은 것이라 여겼다.

그러나 레이샤드는 앞으로 바람 부족이 인간들과 조화롭게 살기 위해서는 야수족만의 입장을 강요해서는 안 된다고 말했다.

야수족의 입장에서 벗어나서 인간들의 입장을 들여다 볼 필요가 있다고 말했다.

바람 부족이 라미레스 후작가의 농간에 놀아난 것도 어쩌면 그런 폐쇄적인 성향 때문일지 모른다며 정곡을 찔렀다.

"옛말에 이르기를 싸우지 않고 이기는 게 최선이라고 했어요. 이런 말씀드리기 미안하지만, 대족장님이 카투라를 죽인다 해도 죽은 라크마는 살아 돌아오지 않아요. 카투라의 부족인 검은 불꽃 부족을 적으로 돌려서 바람 부족에게 이로운 것도 없지요. 그렇게 되면 바람 부족은 인간들은 물론이고 이종족들까지 경계하며 살아야 해요. 그게 바람 부족의 발전에 정말 도움이 된다고 보세요?"

레이샤드는 최선을 다해 라힘달을 설득했다.

상대적으로 생각이 트여 있던 루드니가 전적으로 공감해 준 덕분에 라힘달도 어렵사리 생각을 고칠 수 있었다.

대륙의 인간들은 점차적으로 발전하고 있다.

그들의 문화라는 것을 접할 때마다 놀란 적이 한두 번이 아니었다.

반면 바람 부족은 예나 지금이나 똑같았다. 시간의 흐름에 따라 능숙해지는 게 있긴 했지만 그것만으로는 발전을 논하기가 어려웠다.

세상은 자연과 똑같다.

강한 자가 약한 자를 잡아먹고 발전한 자가 그렇지 못한 자를 잡아먹는다.

고대의 인간들 속에서 야수족이 나오게 된 것도 같은 이유에서였다.

유약한 인간들이 강해질 수 있는 방법을 찾던 중에 야수들과의 결합을 선택한 것이다.

하지만 지금 대륙을 지배하고 있는 건 바로 그 유약했던 인간들이다.

평범한 인간들은 여전히 유약한 편이지만 그들이 지니고

있는 힘은 대륙의 그 어떤 이종족들도 두려워할 만큼 강하고 단단했다.

그런 인간들과 경쟁하며 발전을 도모하기 위해서는 보다 대범해질 필요가 있었다.

감정을 앞세우기보다 이성적으로 생각하고 판단할 필요가 있었다.

"다크 엘프 카투라가 지은 죄는 죽어 마땅하오. 하지만 엄밀히 말해 카투라 역시도 라미레스 후작에게 이용당한 것뿐이오. 카투라를 죽여 그의 부족과 원한이 쌓인다면 이로울 게 대체 누구란 말이오?"

라힘달의 한마디에 장로들이 다시 입을 다물었다.

그렇지 않아도 바람 부족은 라미레스 후작가라는 거대한 적이 생긴 상황이었다.

거기에 만만찮은 다크 엘프 부족까지 적으로 둔다면 여러모로 골치 아파질 게 분명했다.

"그렇다면 무조건 저자를 용서하자는 말씀이십니까?"

잠자코 있던 로하인이 냉큼 끼어들었다.

그는 어떻게든 이번 일을 바람 부족과 다크 엘프 간의 분쟁으로 끌고 가고 싶어 했다.

그래야만 약속대로 라미레스 후작가의 지원을 받을 수 있다고 여겼다.

그러나 아무 대안도 없이 라힘달이 무조건적인 용서를 말하는 건 아니었다.

"다크 엘프 카투라는 지은 죄를 씻기 위해 바람 부족을 돕겠다고 약속했소. 그리고 그의 부족 또한 바람 부족을 돕게 될 것이오."

라힘달이 좌중을 향해 소리쳤다. 그러자 로하인의 표정이 와락 일그러졌다.

만일 이대로 바람 부족과 검은 불꽃 부족이 손을 잡게 된다면 라미레스 후작가의 지원은 물 건너가고 만다.

자연스럽게 자신이 부족장의 자리에 앉는 것도 먼 훗날의 일이 되고 말 것이다.

'이렇게 놔둬서는 안 돼!'

로하인이 질끈 입술을 깨물었다. 어떻게든 이 분위기를 깨뜨려야 했다.

로하인은 자신을 지지하는 장로들에게 냉큼 신호를 보냈다. 그러자 장로들이 고개를 끄덕이며 발언할 준비를 했다.

하지만 라힘달은 이 안건을 길게 끌고 갈 마음이 전혀 없었다.

"내가 할 말은 여기까지요. 이제부터 표결에 들어가겠으니 그리 아시오."

라힘달은 이 문제를 곧장 표결에 붙였다.

그러자 대다수의 장로가 라힘달의 뜻에 따르기로 의견을 모았다.

"이럴 수는 없습니다!"

회의가 뜻대로 돌아가지 않자 로하인이 발끈하며 자리에서 일어났다.

로하인은 라크마가 죽으면서 차기 부족장 자리를 굳혔다고 생각하고 있었다.

솔직히 라힘달에게 남아 있는 자식은 이제 자신 한 명뿐이었다.

그런데 차기 부족장인 자신을 대놓고 무시하다니. 도저히 용납을 할 수가 없었다.

그러나 라힘달은 눈 하나 까딱하지 않았다.

라힘달로부터 은밀히 라크마의 아이에 대한 이야기를 전해 들은 충성스런 장로들의 반응도 마찬가지였다.

야수족의 수명은 인간들에 비해 길다. 그리고 야수족의 성장은 인간들에 비해 빠르다.

앞으로 10년만 지나도 라크마의 아이는 훌륭한 전사로 성장할 것이다.

그리고 다시 10년이 지나면 부족을 이끌어도 부족하지 않을 재목이 되어 있을 것이다.

"이익!"

그런 사실을 모른 채 로하임과 그를 따르는 장로들이 회의장을 박차고 나갔다.

그러나 애석하게도 회의 결과는 조금도 달라지지 않았다.

3

같은 시각.

레이샤드 일행은 바람 부족이 마련해 준 귀빈실에 머무르고 있었다.

"회의 결과가 어떻게 나올까요?"

레이샤드가 걱정스런 얼굴로 말했다.

라힘달을 어렵게 설득시키긴 했지만 상대는 이종족이었다. 그러다 보니 어떤 결과가 나올지 장담할 수 없었다.

그러자 엘리자베스가 가볍게 웃으며 말했다.

"바람 부족도 현실을 알게 된다면 생각이 달라질 거예요. 그러니 너무 걱정하지 말아요."

바람 부족이 아단 산맥에서는 제법 규모가 큰 이종족이다.

하지만 처음부터 상대가 좋지 않았다.

변방의 남작가라면 또 모르겠지만 아르만 공작가나 라미레스 후작가를 상대한다는 건 애당초 불가능한 일이었다.

바람 부족이 감히 아르만 공작가와 전쟁을 벌이려 했던 것도 라미레스 후작가가 있었기 때문이다.

하지만 이 모든 게 라미레스 후작가의 농간이라는 사실이 밝혀진 이상 더는 전쟁을 강행할 이유가 없었다.

"그렇다면 다행이에요."

레이샤드가 안도하듯 고개를 끄덕였다. 비록 엘리자베스 일행의 도움이 적지 않았지만 아르만 공작가와 바람 부족의 전쟁을 막은 건 바로 자신이었다.

그러다 보니 애써 이뤄놓은 평화가 깨지길 원치 않았다.

그런 레이샤드의 속마음을 읽은 듯 엘리자베스가 묘한 미소를 보였다. 그러자 레이샤드가 멋쩍은 얼굴로 냉큼 화제를 돌렸다.

"그런데 아단 산맥의 흑마법사는 어찌 됐나요?"

레이샤드는 엘리자베스 일행을 통해 라미레스 후작가가 양성했다는 흑마법사의 존재를 알게 됐다.

그리고 그 흑마법사가 지난 6년간 몬스터들을 조종해 북동부의 영지들을 괴롭혀 왔다는 사실도 알았다.

그래서 레이샤드는 아르만 공작가와 바람 부족에게 흑마법사의 문제를 깨끗이 해결하겠다는 뜻을 밝혔다.

근본적으로 몬스터의 위협이 사라져야만 아르만 공작가와 바람 부족도 평화를 모색할 수 있기 때문이었다.

현실적으로 가장 확실한 해결책은 문제의 흑마법사를 제

거하는 것이다.

크로노스 왕국의 멸망 이전부터 흑마법사에 대한 인식은 썩 좋은 편이 아니었다.

그러던 게 크로노스 왕국이 멸망하는 과정에서 벌어진 마계 소환 문제로 인해 흑마법사에 대한 인식이 더욱 나빠져 있었다.

단순히 흑마법사라는 이유만으로 탄압을 받아도 누구 하나 이상하게 여기지 않을 상황이었다.

게다가 더 큰 문제는 흑마법사가 몬스터를 조종해 인간들의 영지를 습격해 왔다는 점이다.

그 배후에 라미레스 후작가가 있었다곤 하더라도 마법이라는 엄청난 힘을 인간들에게 해를 끼치는 데 사용했다는 사실은 도저히 용서가 될 수 없었다.

만일 아르만 공작이 흑마법사의 존재를 사전에 알았다면 아마 대규모의 토벌대를 보냈을 것이다.

그리고 그것이 일반적이면서도 당연한 대응 방법이었다.

"그 일은 라인하르트가 알아서 처리하기로 했어요."

엘리자베스가 가볍게 웃으며 말했다.

문제의 흑마법사처럼 타락해 버린 마법사를 처리하는 가장 손쉬운 방법은 보다 능력이 뛰어난 마법사를 보내는 것이었다.

"그자를…… 죽일 건가요?"

레이샤드가 진지한 얼굴로 물었다.

비록 자신과는 전혀 상관없는 제국에서 일어난 일이지만 만일 아베론 영지에 똑같은 상황이 벌어졌다면 아마 독한 결정을 내렸을 것 같았다.

단순히 심판이라는 측면에서 봤을 때 레이샤드의 판단은 틀리지 않았다.

그러나 고작 흑마법사의 목숨을 거둔다고 해서 달라지는 건 아무것도 없었다.

현재 제국 북동부는 균형이 무너진 상태였다.

지속적으로 몬스터들의 침입을 받아 왔던 아르만 공작 세력의 힘이 약해진 반면 라미레스 후작 세력은 그 틈을 이용해 군사력을 비축했다.

이 같은 갈등 상황이 지속될 경우 아르만 공작가는 물론이고 주변의 이종족들에게 득이 될 게 아무것도 없었다.

물론 흑마법사가 사라진다면 비정상적이었던 몬스터들의 움직임이 잠잠해질 수 있었다.

하지만 그뿐이다.

그것만으로는 몇 년간 지속되어 온 북동부의 불균형을 완전히 해결할 수 없었다.

"그 문제도 라인하르트에게 일임했어요. 다만 일단 자신이 저지른 일에 대해 책임을 물을 생각이에요."

엘리자베스가 에둘러 말했다.

인간인 레이샤드에게 마족들의 해결책을 이해시킨다는 건 쉬운 일이 아니었다.

그러나 레이샤드는 책임을 묻겠다는 엘리자베스의 말에 대수롭지 않게 고개를 끄덕였다.

아직 어린 탓일까.

레이샤드는 엘리자베스가 흑마법사를 이용해 어떤 일을 계획하고 있는지 조금도 눈치채지 못했다.

제37장

제국 북동부 Part 2

1

아단 산맥의 어딘가.

"크으으으……."

흑마법사 칼슈아의 입에서 참담한 신음이 흘러나왔다.

칼슈아는 믿을 수 없다는 눈으로 눈앞의 사내를 올려다봤다.

하지만 정작 사내는 너무나 무심한 얼굴로 다른 곳을 바라보고 있었다.

처음 자신의 영역에서 사내를 발견했을 때부터 칼슈아는 왠지 모를 불안함에 휩싸였다.

이곳은 아단 산맥에서도 상당히 깊고 은밀한 곳이었다. 게다가 도처에 몬스터들이 득실거리고 있었다.

자신이 이곳에 숨어 있다는 사실은 라미레스 후작가의 사람들조차 알지 못했다.

설사 안다 하더라도 제정신이 아니고서야 함부로 들어올 수 없었다.

그런데도 사내는 아무렇지도 않게 이곳에 나타났다. 그리고는 너무나 태연한 얼굴로 자신에게 물었다.

"네가 칼슈아냐?"

순간 극도의 공포감을 느낀 칼슈아는 주변에 설치해 놓았던 모든 마법진을 작동시켰다.

마법진은 만에 하나 라미레스 후작가를 비롯한 누군가가 자신을 없애기 위해 대군을 동원했을 때를 대비해 설치해 놓았던 것들이다.

그 위력이라면 설사 수천 명의 병사가 몰려온다 할지라도 버틸 자신이 있었다.

그러나 놀랍게도 지난 수년간 공들여 설치했던 마법진은 꿈쩍도 하지 않았다.

다급한 마음에 마력까지 일으켜 억지로 활성화를 시켜 보았지만 소용없었다.

"크아악!"

당황한 칼슈아는 자신이 펼칠 수 있는 가장 강력한 공격 마법을 일으켰다.

지배 계열 위주의 흑마법을 연공한 탓에 마법의 파괴력은 고작 5레벨 수준에 불과했지만 그것만으로도 어지간한 침입자는 충분히 격퇴시킬 수 있었다.

후아아아아앙!

요란한 굉음과 함께 시커먼 어둠이 사내에게 몰려들었다. 동시에 칼슈아의 얼굴에 어설픈 안도감이 번졌다.

하지만 그것도 잠시.

휘몰아치는 어둠의 폭풍 속에서도 여유를 잃지 않는 사내를 보면서 칼슈아는 다시 끝없는 절망에 빠져들고 말았다.

5레벨의 마법이 휘몰아치는 공간 속에서 눈 하나 까딱하지 않는다는 것은 그보다 한참 높은 수준의 경지에 도달했다는 의미다.

그것은 설사 8레벨을 완성시킨 대마법사라 하더라도 불가능한 일.

마치 마법의 생명체라 불리는 드래곤을 상대하는 기분이었다.

"으아아악!"

지레 겁에 질려 버린 칼슈아는 이후에도 모든 마력을 쏟아부어 사내를 공격했다.

그러나 그때마다 마법은 사내의 주변만을 맴돌 뿐이었다. 그 어떤 마법도 사내의 옷자락 하나 스치지 못했다.

"크으으으!"

결국 마나가 고갈되어 버린 칼슈아는 쓰러지듯 그 자리에 주저앉을 수밖에 없었다.

'이대로 끝인가.'

칼슈아는 눈을 질끈 감았다.

강력한 침입자가 찾아왔고 그를 쫓아내지 못했다. 수순 상 죽음이 예상되는 상황이었다.

하지만 어쩐 일인지 사내는 자신을 방관했다. 애당초 죽일 생각이 전혀 없었다는 듯이 말이다.

"다, 당신은 누구입니까?"

칼슈아가 한참 만에 사내에게 물었다.

본래라면 가장 처음에 물었어야 할 질문이었지만 이곳이 아단 산맥이다 보니 미처 예의를 차리기 어려웠다.

그러자 주변의 풍치에 빠져 있던 사내가 씩 웃으며 말했다.

"내가 먼저 물었던 것 같은데?"

"……?"

순간 멍해진 칼슈아가 어렵사리 사내의 말을 기억해 냈다.

"제가 칼슈아입니다. 저를 찾아오셨습니까?"

칼슈아가 공손하게 말을 붙였다.

이 먼 아단 산맥까지 자신을 찾아와놓고 죽이지 않았다는 건 그만한 이유가 있다는 의미였다.

아니나 다를까.

"네가 해줄 일이 있다."

사내, 라인하르트가 의미심장한 목소리로 말했다.

"할…… 일이요?"

칼슈아는 일순 안도감이 들었다.

자신에게 시킬 일이 있다는 건 아직 자신이 쓸모가 있다는 소리다.

그것은 그 쓸모가 다하기 전까지는 자신일 죽이지 않겠다는 뜻이기도 했다.

만일 칼슈아가 마탑의 마법사였다면 헛소리 말라며 자존심을 세웠을지 몰랐다.

하지만 흑마법에 이끌려 평생을 떠돌이 생활을 해왔던 칼슈아에게는 자존심보다 생존이 우선이었다.

"하겠습니다. 아니 목숨을 바쳐 해내겠습니다. 그러니 무엇이든 시켜만 주십시오."

칼슈아가 냉큼 고개를 숙였다.

자신의 마법을 초월해 버린 라인하르트 앞에서 그가 할 수 있는 건 절대적인 복종밖에 없었다.

그런 칼슈아의 태도가 마음에 들었는지 라인하르트가 피

식 웃음을 흘렸다.

"그렇다고 목숨을 바칠 것까진 없다. 그리 어려운 일은 아닐 테니까."

라인하르트는 칼슈아에게 제국 북동부의 정세에 대해 설명하기 시작했다.

제국 북동부가 어찌 돌아가는지는 칼슈아도 누구보다 잘 알고 있었다.

한 달에 한 번씩 정기적으로 라미레스 후작가의 사람들로부터 정확한 정보를 접하고 있는 만큼 라인하르트가 설명이 크게 낯설지 않았다.

그래도 칼슈아는 군말하지 않고 라인하르트의 말을 경청했다.

라인하르트 같은 대단한 존재가 자신을 찾아와 이유도 없이 북동부를 운운할 리 없기 때문이다.

칼슈아는 막연히 라인하르트가 라미레스 후작가의 반대 세력이 보낸 존재일지 모른다고 생각했다.

그래서 자신의 재능을 이용해 라미레스 후작가를 무너뜨리려 할 것이라 추측했다.

하지만 라인하르트의 이야기가 거듭될수록 칼슈아는 그가 단순히 라미레스 후작가의 반대 세력으로서 자신을 찾아온 게 아니라는 사실을 눈치챘다.

물론 그것만으로는 자신이 누구를 위해 일해야 하는지 명확하게 그려지지 않았다.

그러나 자신이 무엇을 어찌 해야 하는지는 알 수 있었다.

"지금처럼 몬스터들을 이용해 라미레스 후작가를 뒤흔들면 되는 것입니까?"

라인하르트의 이야기가 끝나자 칼슈아가 조심스럽게 입을 열었다.

라인하르트가 요구한 북동부의 균형을 맞추기 위해서는 지난 6년간 아르만 공작 세력에게 해왔던 것처럼 몬스터들을 라미레스 후작 세력의 힘을 약화시키는 게 최선이었다.

라인하르트는 대답 대신 가볍게 고개를 끄덕였다.

하지만 그의 표정은 그것이 전부가 아님을 말해주고 있었다.

"제가 또 무엇을 하면 되겠습니까?"

눈치 빠른 칼슈아가 다시 몸을 낮췄다.

그러자 라인하르트가 기다렸다는 듯이 품속에서 정교한 마법진이 새겨진 마정석 하나를 내던졌다.

"내가 설치한 순간 이동 마법진을 활용할 수 있는 아티팩트다. 너도 마법사이니 그것을 어찌 사용하는지는 알 수 있을 것이다."

칼슈아는 조심스럽게 마정석을 받아 들었다.

놀랍게도 그 안에는 무려 20개가 넘는 공간 이동 마법진의 좌표가 새겨져 있었다.

고작 주먹만 한 마정석에 공간 이동 마법과 같은 고위 마법을 새긴다는 건 쉬운 일이 아니다.

대륙의 공간 이동 마법이 마법진을 통해 발달한 가장 근본적인 이유는 복잡한 마법 수식과 더불어 정교한 마나 컨트롤이 필요하기 때문이었다.

안정성을 위해 수많은 보조 마법이 더해지다 보니 자연스럽게 마법진의 형태를 띠게 된 것이다.

그런데 마정석에 새겨진 공간 이동 마법진은 불필요한 보조 마법이 전부 배제된 상태였다.

그럼에도 마법 수식의 발현 구조 자체는 마법진보다 훨씬 안정적으로 느껴졌다.

놀라운 건 그뿐만이 아니다. 마정석에 새겨진 건 공간 이동 마법만이 아니었다.

정체를 알 수 없는 고차원의 마법 수식도 함께 새겨져 있었다.

마법사의 지식을 활용해 얼추 예상하기로는 하루에 몇 번이고 공간 이동을 활용하더라도 몸에 무리가 가지 않도록 도와주는 마법 같았다.

현재 공간 이동 마법진은 1일 2회 사용이 제한되어 있었다. 그 이상은 인체에 무리가 갈 수 있기 때문이었다.

물론 경우에 따라 하루 사이에 여러 번 마법진을 오가야 하는 일이 생길 수 있었다.

그런 때에는 마탑에서 특별히 제조한 고가의 포션을 마셔야 했다.

그것만으로도 공간 이동 마법의 부작용을 100% 차단할 수 있다고 장담하긴 어려웠다.

그런데 이 고차원의 마법 수식을 활용한다면 그런 문제는 깨끗이 사라질 것 같았다.

그 효과가 어느 정도인지는 감히 짐작조차 되지 않지만 적어도 마탑에서 제조하는 포션보다는 훨씬 뛰어날 것이라는 확신이 들었다.

칼슈아는 어렵지 않게 자신의 임무를 파악했다.

작은 마정석 하나에 숨어 있는 마법 수식들을 놓고 봤을 때 하루에도 몇 번씩 공간을 넘나들어야 할 것 같았다.

그리고 공간을 오가며 그가 할 수 있는 일이란 뻔한 것이었다.

지금처럼 몬스터를 이용해 주변을 혼란스럽게 만드는 것.

솔직히 지배 계열 마법에만 몰두해 온 흑마법사의 활용도가 생각만큼 대단할 리 없었다.

중요한 건 이 마정석 속에 새겨진 20여 곳의 공간 이동 마법 좌표가 어느 곳이냐는 점이다.

제아무리 마법사라 할지라도 대륙 전역의 공간 이동 마법 좌표를 외우고 다니지는 않는다.

현재 대륙에는 마법진을 이용한 공간 이동이 지나치게 활성화되어 있었다.

누구라도 마음만 먹으면 언제라도 마법진의 이용이 가능했다.

그 대상이 쫓기는 흑마법사라 하더라도 말이다.

그래서 칼슈아는 좌표만으로는 정확한 위치가 떠오르지 않았다.

그나마 짐작할 수 있는 건 일개 영지 수준의 일은 아닐 것이라는 점이다.

"아바노 왕국입니까?"

잠시 고심하던 칼슈아가 라인하르트를 올려다봤다.

라인하르트가 제국에 속해 있다고 가정했을 때 가장 먼저 떠오르는 곳이 제국과 적대적인 입장을 유지하고 있는 남서부의 아바노 왕국이었다.

아바노 왕국은 현 레오니스 제국이 들어서기 전에 대륙을 지배했던 나라였다.

레오니스 제국 이전에 제국이라 불리던 유일한 나라이기도 했다.

본래 구 제국은 신 제국이 들어서면 몰락하거나 분열하는 게 일반적이었다.

그러나 아바노 왕국은 쇠퇴해 가는 상황 속에서도 레오니스 제국과 끝까지 싸웠다. 그리고 대륙 남서부의 영토를 지키는 데 성공했다.

그런 역사 때문인지 아바노 왕국은 레오니스 제국과 늘 다른 노선을 지향해 왔다.

혼자의 힘으로는 강성한 레오니스 제국을 감당할 수 없다고 판단하자 주변 왕국들을 끌어들였다.

그리고 그들과 연합해 레오니스 제국을 견제하는 데 앞장섰다.

제아무리 레오니스 제국이라 하더라도 남부 왕국들 전체를 상대로 전쟁을 벌이기란 쉬운 일이 아니었다.

그러다 보니 남부 왕국들을 부추기는 아바노 왕국이 늘 눈엣가시처럼 느껴졌다.

칼슈아는 어쩌면 레오니스 제국에서 자신의 존재와 재능을 알아채고 아바노 왕국을 뒤흔드는 데 활용하려는 것은 아닐까 지레짐작했다.

그리고 만일 그렇다면 그로서는 상당히 혼란스러운 임무가 아닐 수 없었다.

칼슈아에게 흑마법을 가르쳐 준 건 아바노 왕국 출신의 마법사였다.

그는 레오니스 제국을 혼란에 빠뜨리기 위해 스스로 어둠의 길을 선택한 마법사였다.

하지만 제국 쪽에 행적이 노출되는 바람에 큰 부상을 입고 마나 홀에 타격을 입은 비운의 마법사이기도 했다.

칼슈아는 그런 스승의 선택을 받아 실전되었다는 지배 계열의 흑마법을 배웠다.

그리고 스승의 무덤 앞에서 아바노 왕국에 해가 되는 일은 하지 않겠다고 맹세했다.

물론 그 맹세는 어디까지나 스승에 대한 예우 차원에서 한 것이었다.

그리고 마나에 걸고 맹세를 하지 않았기 때문에 설사 맹세를 어긴다 할지라도 크게 문제가 되는 것은 아니었다.

하지만 스승의 조국인 아바노 왕국을 상대로 스승이 물려준 재능을 활용한다는 건 마음이 편치 않을 것 같았다.

라인하르트가 강요한다면 마지못해 따라야겠지만 그래도 늘 죄책감을 안고 살 것 같았다.

그런 칼슈아의 속내를 읽은 라인하르트가 피식 웃음을 흘렸다.

비록 흑마법사이긴 하지만 그래도 인연을 소중하게 여기는 게 마음에 든 것이다.

"아바노 왕국은 아니다."

라인하르트가 나직이 말했다. 그러자 칼슈아의 얼굴이 금세 밝아졌다.

하지만 이어지는 라인하르트의 말은 그에게 또 다른 부담감을 안겨 주었다.

"그곳은 전부 제국의 좌표다."

"제국…… 이요?"

"그래, 네가 할 일은 제국을 혼란스럽게 만드는 것이다."

"……!"

너무나 노골적인 라인하르트의 말에 칼슈아는 순간 할 말을 잃고 말았다.

설마하니 라인하르트가 대륙 최강국인 제국을 노릴 것이라고는 미처 생각지 못한 얼굴이었다.

"제, 제국에 몸담고 계시는 게 아니셨습니까?"

칼슈아가 한참 만에 다시 입을 열었다. 그러자 라인하르트가 코웃음을 쳤다.

"제국 따위가 날 품을 수 있다고 생각하는 것이냐?"

라인하르트는 마계에서도 이름 높은 공작이었다.

중간계와는 비교조차 할 수 없는 광대한 마계의 핵심 귀족인 그에게 대륙의 절반조차 차지하지 못하고 있는 제국은 그저 유희의 공간일 뿐이었다.

"요, 용서하십시오."

칼슈아가 다시 납작 몸을 엎드렸다.

마음 같아서는 라인하르트의 정체를 캐묻고 싶었지만 감히 그럴 용기가 나지 않았다.

그런 칼슈아의 속내를 읽은 듯 라인하르트가 위엄 어린 목소리로 말을 이었다.

"칼슈아, 내가 누구인지 알려고 하지 마라. 네가 어떤 분을 위해 일을 하는지도 알려고 하지 마라. 단지 네게 주어진 일에만 충실해라. 그게 네가 해야 할 일이다. 알겠느냐?"

라인하르트의 음성이 절대적인 명령이 되어 칼슈아의 머릿속을 파고들었다.

"며, 명심하겠습니다."

칼슈아가 다급히 고개를 숙였다.

그렇게 은밀히 아베론 영지를 위해 일할 충직한 심복이 탄생했다.

2

바람 부족의 장로 회의가 끝난 다음 날.

다가닥. 다가닥.

라미레스 후작가의 깃발을 단 마차가 바람 부족에 모습을 드러냈다.

얼마 전까지만 하더라도 라미레스 후작가의 마차는 간단한 확인 절차만 마치면 마을 안으로 들어올 수 있었다.

하지만 장로회의 결과가 전해진 탓일까.

라미레스 후작가의 마차가 보이기가 무섭게 수십 명의 바람 부족 전사가 우르르 몰려들었다.

"이크!"

경계를 늦추지 않고 있던 마부가 다급히 말고삐를 잡아당겼다.

그것을 신호로 뒤따르던 마부들이 하나같이 급히 마차를 세웠다.

"이놈들!"

그사이 마차를 호위하던 기사단이 냉큼 달려와 야수족 전사 앞을 가로막았다.

그러자 야수족 전사들도 지지 않겠다는 듯 대번에 검을 뽑아 들었다.

자연스럽게 양측의 긴장감이 높아졌다.

"후작님, 야수족 전사들의 대응이 심상치가 않습니다."

제1기사단장 유르스가 라미레스 후작이 타고 있는 마차에 다가와 상황을 보고했다.

야수족 전사들의 표정을 놓고 봤을 때 라미레스 후작가를 적대적으로 여기고 있는 게 틀림없어 보였다.

이런 상황에서 바람 부족으로 진입을 강행했다간 유혈 사태가 벌어질 가능성이 높았다.

그렇다면. 일단은 마차를 멈추고 대화로써 문제를 해결해 나가는 편이 나을 것 같았다.

하지만 라미레스 후작의 생각은 달랐다.

이제 와 꼬인 실타래를 다시 풀기에는 너무 많은 시간이 필요했다.

게다가 제국 황실에서 소환령이 내려진 상황이었다.

지금은 바람 부족의 입장을 고려해 줄 여유가 없었다.

이대로 시간이 지체될 경우 황실의 소환령을 따라야 하는 일이 생길 수 있었다.

"가서 지금 당장 길을 열라고 해. 그렇지 않으면 힘으로라도 뚫고 가!"

라미레스 후작이 신경질적으로 말했다.

이미 바람 부족에 오기까지 사흘이라는 시간을 허비한 상태였다.

고작 입구 따위에서 머뭇거릴 수는 없었다.

"알겠습니다."

라미레스 후작의 완고함을 알아챈 유르스가 어쩔 수 없다는 듯 기사들 앞으로 나섰다.

그리고 자신을 매섭게 노려보는 야수족 전사에게 최대한 정중하게 라미레스 후작의 의사를 전했다.

"라미레스 후작님께서 바람 부족에 머무르고 있는 제국의 황자님을 만나기 위해 직접 오셨소. 그러니 우리를 안으로 들어가게 해주시오."

유르스의 말에 야수족 전사들을 이끌고 있는 파파카가 이맛살을 찌푸렸다.

그는 라미레스 후작가에서 기사단까지 대동해 나타난 게 바람 부족을 겁박하기 위함이라고 여겼다.

그런데 뜬금없이 제국의 황자를 찾다니.

라미레스 후작이 또 다른 수작을 부리는 것은 아닐까 의심스러워졌다.

"우리 부족에 제국의 황자는 없다."

파파카가 날선 목소리로 말했다.

그러자 유르스가 이해한다며 고개를 끄덕였다.

만일 오는 도중에 정보를 전해 듣지 않았다면 유르스도 당혹스러운 표정을 지었을 것이다.

하지만 다행히도 어느 정도 전후관계를 파악한 덕에 침착함을 유지할 수 있었다.

"폭풍의 용병단을 대신해 온 분들이 있을 거요. 그분들 중에 제국의 황자님이 계시오."

"폭풍의 용병단?"

"그렇소. 그분이 아마 자신의 신분을 밝히지 않으신 것 같은데 제국의 황자님이 확실하오. 내 말이 믿기 어렵다면 직접 가서 확인해 봐도 좋소."

유르스의 흔들림 없는 목소리에 파파카가 다시 이맛살을 찌푸렸다.

그가 알기로 유르스는 기사단장이다.

기사단장은 일족의 대전사나 마찬가지였다. 그런 자가 뻔히 드러날 일로 거짓말을 할 것 같지는 않았다.

"잠깐 기다려라."

파파카는 야수족 전사를 한 명 불렀다. 그리고 그에게 은밀한 목소리로 말했다.

"마을로 돌아가 폭풍의 용병단의 손님들 중에 제국의 황자가 있는지 확인해라. 만일 사실이 아니라면 오는 길에 싸울 수 있는 모든 전사를 데려와라. 알겠지?"

야수족 전사가 냉큼 고개를 숙이고는 마을을 향해 내달렸다.

그것을 확인한 유르스도 야수족 전사들과 대치 중이던 기사들을 뒤로 물렸다.

3

"라미레스 후작이라니? 그게 정말인가?"

갑작스런 보고를 받은 라힘달이 놀란 눈으로 말했다.

언제고 라미레스 후작가에서 해명을 위해 사람을 보낼 것이라 예상은 했지만 설마하니 라미레스 후작이 직접 바람 부족을 찾아올 줄은 생각지도 못한 얼굴이었다.

"정확하게 확인하지는 못했지만 라미레스 후작가의 기사단장이 그리 말했다고 합니다. 아마 거짓말은 아닐 것 같습니다."

루드니가 전령에게 들은 대로 라힘달에게 전했다.

그 역시도 갑작스런 라미레스 후작의 등장이 의외라는 표정이었다.

"한마디 연락도 없이 찾아온 이유가 뭐라던가?"

라힘달이 루드니를 바라보며 물었다.

지금처럼 양측의 감정이 좋지 않은 시점에서 라미레스 후작이 아무 이유도 없이 바람 부족을 찾아오지는 않았을 것 같았다.

그러자 루드니가 다소 심각한 목소리로 말했다.

"그게 레이샤드 님을 찾아온 모양입니다."

"레이샤드라면 폭풍의 용병단의 대표로 온 소년이 아닌가?"

"그게…… 알고 보니 그분이 제국의 황족이었던 모양입니다."

"화, 황족?"

순간 라힘달이 큰 눈을 치떴다.

그저 대범한 소년인 줄로만 알았는데 제국의 황족이었다니.

라미레스 후작의 방문보다 더 큰 충격이었다.

"그, 그게 사실인가?"

라힘달이 믿기 어렵다는 눈으로 되물었다.

만일 그렇다면 처음부터 밝히지 않을 이유가 없다는 투였다.

"그렇지 않아도 대족장님께 오기 전에 레이샤드 님을 만나 확인을 했습니다. 그분께서 가지고 계시는 신분패도 확인을 했고요. 일단 확인한 것만 놓고 봤을 때 제국의 황족임에는 틀림없어 보입니다. 아마 괜한 오해를 피하기 위해 지금껏 신분을 숨기신 것 같습니다."

루드니가 나름의 상황을 설명했다.

그 역시도 확실히 이해가 가진 않았지만 지금으로서는 레이샤드가 제국의 황족이 아니라는 사실을 입증할 방법이 없었다.

"그러니까 라미레스 후작이 내가 아닌 레이샤드…… 님을 만나러 왔다는 말인가?"

"일단 전령의 말로는 그렇다고 합니다만 라미레스 후작이 레이샤드 님을 만나려는 정확한 이유까지는 파악이 되지 않습니다."

제국 황실에서 라미레스 후작가에 소환령을 내린 일은 아직 당사자들만이 아는 사실이었다.

라미레스 후작이 소환령을 받아들이고 황실로 향하기 전까지 주변에 소문이 퍼질 가능성은 그리 높지 않았다.

그러다 보니 나름 제국의 소식에 귀를 열어두고 있다는 루드니조차도 라미레스 후작의 방문 목적을 짐작조차 하지 못하고 있었다.

"어찌하시겠습니까?"

루드니가 조심스럽게 물었다.

그러자 이맛살을 찌푸리던 라힘달이 다시 루드니를 바라봤다.

"어찌해야 하겠나?"

"라미레스 후작이 대족장님이 아닌 레이샤드 님을 찾아온 만큼 저들의 요구를 받아들이시는 게 좋을 것 같습니다."

루드니가 솔직한 속내를 밝혔다.

다른 사람도 아니고 라미레스 후작이 직접 찾아왔다는 것만으로도 쉽지 않은 상황이었다.

게다가 조금 전까지 폭풍의 용병단의 대표로만 알고 있던 레이샤드가 제국의 황족이라는 사실이 밝혀진 뒤였다.

레이샤드가 폭풍의 용병단의 대표로 바람 부족을 방문한 건 사실이지만 그렇다고 해서 제국 황족이라는 신분이 사라지는 건 아니었다.

마지막까지 감췄다면 또 모르겠지만 이미 정체가 드러난 이상 바람 부족 역시 레이샤드를 제국의 황족으로 대우해 주어야 했다.

"그러니까 레이샤드 님 때문에라도 라미레스 후작을 마을로 들여야 한다는 말인가?"

"그렇습니다. 만일 라미레스 후작이 대족장님을 찾아온 것이라면 대족장님의 뜻대로 하셔도 상관없습니다만 저들이 만나길 원하는 건 레이샤드 님이십니다."

"흠……."

"레이샤드 님께서 만나길 거부한다고 말씀하셨다면 또 모르겠지만 제게 만나고 싶다는 의사를 전하셨습니다. 그러니 대족장님께서도 너그럽게 허락을 하시는 게 좋을 것 같습니다."

루드니가 에둘러 말했다.

라힘달도 바람 부족을 위해 힘써 준 레이샤드를 위한 일이라는 점만큼은 어느 정도 공감하는 눈치였다.

"물론 마을로 들어오는 인원은 철저히 제한할 필요가 있습니다. 레이샤드 님을 만나 뵙길 원하는 것이라면 굳이 병력을 전부 끌고 들어올 필요는 없으니까요."

라힘달의 불편한 속내를 눈치챈 루드니가 냉큼 조건을 달았다.

바람 부족의 자존심을 지키기 위해서라도 어느 정도 제약을 가할 필요가 있었다.

"차라리 레이샤드 님을 움직이게 하는 건 어떤가?"

라미레스 후작이 마을 안으로 들어오는 게 못마땅했던지 라힘달이 차선책을 내놓았다.

단순히 레이샤드와 라미레스 후작 간의 만남이 필요한 상황이라면 그 장소가 굳이 바람 부족의 마을일 이유는 없었다.

그러자 루드니가 잘못된 판단이라며 고개를 흔들었다.

"레이샤드 님은 바람 부족의 은인이며 손님입니다. 게다가 제국의 황족입니다. 레이샤드 님이 바람 부족을 떠나기 전까지는 최선을 다해 대접할 필요가 있습니다."

변방의 고위 귀족(백작위 이상의 귀족)이라 할지라도 바람 부족의 입장에서는 쉽게 상대하기 어려운 존재임에 틀림없었다.

하물며 상대는 왕국도 아닌 제국의 황족이다.

그의 영향력이 어느 정도인지는 짐작하기 어렵겠지만 제

국의 황족과 친분을 쌓아서 바람 부족에게 나쁠 건 전혀 없었
다.

"흐음……."

길게 한숨을 내쉬던 라힘달이 마지못해 고개를 끄덕였다.

솔직히 썩 내키지는 않았지만 지금으로서는 라미레스 후
작의 방문을 막기가 어려워 보였다.

제38장

제국 북동부 Part 3

1

라미레스 후작을 태운 마차가 바람 부족의 마을에 도착한 건 오후가 다 되어서였다.

"부족장님께서 기다리고 계십니다."

라힘달을 대신해 루드니가 라미레스 후작을 맞았다.

비록 철천지원수라고는 해도 부족 안으로 들어오도록 허락을 한 만큼 손님으로 대접할 필요가 있었다.

하지만 정작 라미레스 후작은 루드니의 호의가 조금도 눈에 들어오지 않았다.

"그전에 황자님을 뵙겠소."

라미레스 후작이 단호한 목소리로 말했다.

애당초 그가 바람 부족에 온 목적은 레이샤드를 만나기 위해서다. 라힘달을 만나기 위함이 아니었다.

게다가 지금은 자신을 지킬 호위 병력이 열 명밖에 되지 않은 상황이었다.

바람 부족까지 끌고 왔던 병력을 전부 데려왔다면 맘 편히 라힘달을 만났겠지만 호위 병력이 줄어든 만큼 위험을 자초할 이유가 없었다.

"알겠습니다. 그럼 저를 따라 오십시오."

루드니도 굳이 두 번 권하지는 않았다.

지금 같은 상황에서 라힘달과 라미레스 후작이 만나 봐야 좋을 게 없다는 것쯤은 그도 잘 알고 있었다.

루드니의 안내를 받은 라미레스 후작은 곧장 레이샤드가 머무는 귀빈용 오두막으로 안내되었다.

레이샤드가 황족이라는 사실이 알려지면서 바람 부족은 레이샤드 일행의 거처를 기존의 오두막보다 훨씬 좋은 오두막으로 옮겨주었다.

외형상 다른 오두막들과 크게 다를 바 없었지만 실내는 상당히 호화롭게 꾸며져 있었다.

"어서 오십시오, 라미레스 후작님."

오두막 안으로 라미레스 후작이 들어서자 아르메스가 정

중히 맞았다.

"황자님께서는 어디 계시는가?"

라미레스 후작은 이번에도 레이샤드부터 찾았다. 자신을 상대하는 자가 누구인지는 전혀 신경 쓰고 싶지 않다는 투였다.

"안쪽으로 들어가시면 됩니다. 단, 후작님께서만 들어오실 수 있습니다."

아르메스가 가볍게 웃으며 말했다. 그러자 라미레스 후작의 표정이 대번에 일그러졌다.

"나 혼자만 들어가라니. 그게 무슨 말인가?"

"말씀드린 그대로입니다. 황자님께서는 라미레스 후작님만 만나겠다고 하셨습니다."

"허……!"

라미레스 후작은 순간 어이가 없었다.

바람 부족의 억지 때문에 가뜩이나 호위 병력이 열 명밖에 되지 않는데 이제는 그마저도 전부 놔두고 안으로 들어오라니.

도대체 무슨 꿍꿍이인지 짐작이 가질 않았다.

만일 이곳이 라미레스 후작가나 황궁이라면 라미레스 후작도 군말없이 따랐을 것이다.

아니, 라미레스 후작이 먼저 대기하라는 명을 내렸을 것이다.

하지만 이곳은 라미레스 후작가와 원수지간이 되어버린 바람 부족의 안이었다.

게다가 레이샤드와는 원치 않게 악연으로 꼬여 버린 사이였다.

그런데 무작정 혼자 들어가야 한다니. 라미레스 후작은 불안함이 솟구쳤다.

만에 하나 안쪽에 바람 부족의 전사들이라도 대기하고 있다면 낭패가 아닐 수 없었다.

라미레스 후작은 고개를 돌려 기사 한 명을 바라봤다.

라미레스 후작가의 제1기사단장인 유르스. 다른 이들은 몰라도 적어도 유르스만큼은 옆에 붙여 두고 싶었다.

라미레스 후작이 가문의 기사들을 대표하는 유르스를 바람 부족으로 데려온 것도 만약의 상황에 대비하기 위함이었다.

대외적으로 알려지진 않았지만 유르스는 마스터의 경지에 오른 라미레스 후작가 최고의 기사였다.

그라면 어떤 상황에서도 자신의 목숨을 지켜줄 수 있다는 확신을 가지고 있었다.

그런 유르스를 두고 확신할 수 없는 곳에 들어가야 하다니.

라미레스 후작은 도저히 발걸음이 떨어지지 않았다.

'날 시험하겠다는 건가? 아니면 내 콧대를 꺾기라도 하겠다는 건가?'

라미레스 후작의 불편한 시선이 아르메스에게 향했다.

하지만 애석하게도 아르메스의 태연한 표정에서는 아무런 정보조차 얻어낼 수 없었다.

그렇다고 고분고분 아르메스의 말을 따르기에는 제국의 대귀족(공작과 후작을 지칭하는 표현)으로서 자존심이 상할 노릇이었다.

정말로 불길한 예상이 들어맞을 경우 일이 더욱 꼬일 가능성이 높았다.

"자네들은 들어갈 수 없다고 하는데 어쩔 텐가?"

라미레스 후작이 기사들을 돌아보며 물었다.

그러자 눈치 빠른 유르스가 한 발 앞으로 나서며 말했다.

"저희의 임무는 후작님을 안전하게 보호하는 것입니다. 무슨 일이 있더라도 후작님을 보호할 것입니다."

유르스가 아르메스를 향해 으르렁거렸다.

그의 표정을 보아하니 필요하다면 완력이라도 사용할 기세였다.

그를 따라온 기사들도 마찬가지였다. 한결 매서워진 눈매로 아르메스를 노려보았다.

"허허. 이것 참."

라미레스 후작이 난처하다는 표정을 지었다. 하지만 속으로는 웃음을 감추지 못했다.

레이샤드가 비록 이름뿐인 황족이라고는 하지만 그래도 황실의 일원이었다.

제국 황실을 섬기는 입장에서 어느 정도는 예를 갖출 필요가 있었다.

당연히 라미레스 후작이 직접 나서서 불만을 표출할 수는 없었다. 그것은 모양새가 좋지 않았다.

하지만 이런 식으로 기사들이 자처해 나선다면 이야기는 달라진다.

그 어떤 기사든 주군을 지키고 보호할 의무와 책임이 있다.

제아무리 황족이라 하더라도 기사로서 신념을 지킨 자를 탓할 수는 없는 노릇이었다.

"내 걱정은 말고 여기들 있게. 설마하니 황자님을 만나는데 무슨 일이 있겠는가?"

라미레스 후작이 애써 웃음을 참으며 말했다. 그러자 유르스가 말도 안 된다며 고개를 흔들었다.

"그럴 수는 없습니다. 그 누가 뭐라고 한들 저와 기사들은 후작님의 곁을 지킬 겁니다!"

유르스의 충정 어린 모습에 라미레스 후작은 자신도 모르게 코끝이 찡해졌다.

그만큼 유르스의 연기는 더할 나위 없이 훌륭했다.

라미레스 후작이 어쩔 수 없다는 눈으로 아르메스를 바라봤다.

이 정도면 레이샤드도 기사들의 대동을 막지 못할 것이라 여겼다.

그때였다.

"뭐가 이렇게 소란스러워?"

신경질적인 목소리에 이어 날카로운 인상의 사내가 안쪽에서 걸어 나왔다.

그는 라미레스 후작과 유르스를 기분 나쁜 눈으로 훑어보더니 안으로 들어가는 통로를 떡 하고 막아섰다.

"당신이 라미레스 후작인가 보지? 들어가려면 당신 혼자만 들어 가. 뒤에 서 있는 놈들은 못 들어간다."

사내가 퉁명스럽게 소리쳤다.

순간 라미레스 후작의 입이 쩍하고 벌어졌다.

그것은 기사들도 마찬가지.

사내의 예의도 격식도 없는 행동에 황당함을 감추지 못했다.

"허……!"

라미레스 후작은 한참 만에 헛웃음을 터뜨렸다.

자신을 라미레스 후작이라고 불렀으니 자신의 정체를 모

르지는 않을 터.

그럼에도 이런 식으로 나온다는 것은 레이샤드가 아예 작정을 했다는 의미다.

그렇다면 라미레스 후작도 이대로 당하고 있을 마음이 추호도 없었다.

"내가 이런 모욕을 받아야 하다니."

라미레스 후작이 참담한 목소리로 중얼거렸다. 그 소리를 듣기라도 한 것일까.

"네 이놈! 당장 비켜라. 어찌 후작님의 앞을 가로막는단 말이냐!"

라미레스 후작을 대신해 유르스가 사내를 향해 성난 목소리를 토해냈다.

자신의 주군이 모욕 아닌 모욕을 받는데 가만히 있을 기사는 이 세상에 없었다.

그런 유르스의 충정은 높이 평가할 만했다. 하지만 애석하게도 상대가 너무 나빴다.

"못 비키겠다면?"

사내, 아스타로트가 기괴한 웃음을 흘렸다.

그러자 유르스가 더는 참지 못하고 아스타로트의 멱살을 잡았다.

"이놈! 죽고 싶으냐?"

유르스가 아스타로트를 향해 으르렁거렸다. 순간 그의 몸에서 뿜어져 나온 유형의 기운이 아스타로트를 짓누르기 시작했다.

모든 기사가 마스터의 경지를 꿈꾸는 이유는 단순히 강해서가 아니다.

마스터는 마나의 완성자라고도 불린다.

몸 안의 마나를 자유자재로 움직일 수 있는 능력을 터득했기 때문이다.

마나가 어린 살기는 오랫동안 수련을 한 기사들조차 감당하기 힘든 것이었다.

그 기운을 정면에서 받을 경우 마치 온몸이 검에 베이는 것 같은 예기(鋭氣)와 압박감 때문에 숨조차 제대로 쉬기 어려웠다.

유르스는 당연히 아스타로트도 하얗게 질린 얼굴로 살려달라 애원할 것이라 여겼다.

그러나 애석하게도 아스타로트는 눈 하나 까딱하지 않았다.

오히려 가소롭다는 눈으로 흥분한 유르스를 도발했다.

"고작 그 정도의 실력으로 날 죽일 수 있다고 떠드는 것이냐?"

아스타로트의 조롱 어린 목소리가 유르스의 이성을 흔들

어 놓았다.

"이노옴!"

참다못한 유르스가 아스타로트를 단숨에 들어 올렸다.

그리고는 천벌이라도 내리듯 오두막 바깥으로 있는 힘껏
내던졌다.

그러나 이번에도 아스타로트는 몸을 가볍게 비틀어 지면
에 착지해 버렸다.

애석하게도 유르스가 원하는 볼썽사나운 모습은 조금도
보여 주지 않았다.

"재미있군."

아스타로트가 보란 듯이 입가를 비틀었다.

그의 입 끝을 타고 흘러나오는 비웃음 소리가 유르스를 더
욱 광분하게 만들었다.

"날 농락한 대가를 치르게 될 것이다."

유르스는 더 이상 참을 수가 없었다.

라미레스 후작을 생각해서 최대한 분을 억누르려고 했지
만 그의 손은 어느새 허리춤에 달린 검을 뽑아 들고 있었다.

후아아앗!

들끓는 기운이 전해진 듯 유르스의 검이 요란스럽게 울어
댔다.

그 소리가 어찌나 오싹하던지 라미레스 후작은 물론이고

기사들마저 움찔 몸을 떨 정도였다.

"허! 말려야 하는 게 아닌가?"

라미레스 후작이 아르메스 쪽을 바라보며 걱정스런 목소리로 말했다.

그가 유르스에게 원한 건 주인을 지키는 충성스러운 기사 노릇이었다.

지금처럼 흥분해 레이샤드 일행과 맞서는 게 아니었다.

게다가 유르스는 마스터 급의 기사였다. 그리고 그의 실력은 당분간 비밀로 유지할 생각이었다.

만에 하나라도 유르스가 아스타로트를 쓰러뜨리고 그 과정에서 마스터라는 사실이 알려지기라도 한다면?

오히려 황실의 더한 오해를 받게 될 수 있었다.

라미레스 후작은 어떻게든 불필요한 싸움을 멈추게 하고 싶었다.

그렇다고 마스터로서 자존심을 상한 유르스를 다그칠 수는 없는 일이었다.

그래서 내심 아르메스가 나서서 중재를 해주길 바랐다.

그러나 아르메스는 어찌 되더라도 전혀 상관없다는 표정을 지었다.

"이 일은 후작가의 기사와 아스타로트 님 간의 일입니다. 제가 감히 끼어들 수 있는 문제가 아닙니다."

아르메스가 원칙적인 말을 주절거리며 한발 뒤로 빠졌다.

라미레스 후작이 저러다 아스타로트가 크게 다칠지 모른다고 경고했지만 아르메스의 표정은 크게 달라지지 않았다.

"유르스는 마스터의 경지에 오른 기사네. 일개 기사가 어찌 마스터를 상대하겠나? 지금이라도 늦지 않았으니 어서 저자를 말리게."

답답함을 참지 못하고 라미레스 후작이 제 입으로 유르스의 정체를 털어놓았다.

가급적이면 아르만 공작가와의 전쟁 때까지는 유르스가 마스터라는 사실을 숨기고 싶었지만 지금으로서는 어쩔 도리가 없어 보였다.

하지만 이번에도 아르메스는 별 감흥이 없다는 표정이었다.

사실 아르메스는 라미레스 후작이 진실을 밝히기 전부터 유르스가 마스터의 경지에 올라 있다는 사실을 알고 있었다.

그러나 대륙의 모든 기사가 우러러 본다는 마스터의 경지는 말 그대로 대륙에서나 위협적인 것이었다.

마계의 기준으로 놓고 보자면 그리 대단한 수준이 아니었다.

마계의 마족들 중 검술을 전문적으로 익힌 자들은 대부분 마스터의 경지라는 마나의 완성을 이루게 된다.

더욱이 마족의 수명은 평균적으로 수천 년에 달한다. 백여 년이 한계인 인간에 비해 검술의 성취가 월등히 높을 수밖에 없었다.

물론 중간계에 펼쳐진 결계 때문에 마족의 힘이 어느 정도 제약을 받는 건 사실이지만 제대로 검술을 익힌 평범한 수준의 상급 마족이라면 중간계에서도 마스터를 상회하는 실력을 뽐낼 수 있다.

하물며 아스타로트는 최상급 마족이다.

최상급 마족 중에서도 마신의 경지에 가까운 존재다.

비록 후작이라는 작위에 머무르고 있지만 그와의 대결은 하급 마신들조차 꺼린다는 게 마계의 공공연한 비밀이었다.

그의 검술 실력을 인간들과 대륙의 기준에 맞춘다는 것 자체가 말도 안 되는 소리였다.

그런 줄도 모르고 겁도 없이 아스타로트 앞에서 검을 뽑아 들었으니 지금은 오히려 유르스를 걱정해야 하는 처지였다.

"다시 한 번 말씀드립니다만, 전 아스타로트 님을 말릴 자격이 없습니다."

아르메스가 냉정한 목소리로 말했다.

그로서는 아스타로트의 싸움에 끼어들 이유도, 유르스를 살릴 까닭도 없었다.

그러자 말이 통하지 않는다는 듯 라미레스 후작이 언성을 높였다.

"저러다 저자가 죽기라도 한다면 누가 책임진단 말인가!"

라미레스 후작도 마음 같아서는 아르메스와 오만한 아스타로트의 콧대를 납작하게 만들어주고 싶었다.

어쩌면 이 모든 게 레이샤드의 농간일지 모른다고 생각하니 더욱 물러서고 싶은 생각이 없었다.

그러나 정말로 유르스가 아스타로트를 죽이기라도 한다면 일이 복잡해지고 만다.

레이샤드를 설득해 황실의 소환령을 풀어야 하는 상황에서 오히려 그의 기사를 죽인다면 황실과의 관계만 나빠질 뿐이었다.

"고집 부리지 말고 어서 저자를 말리게! 그게 어렵다면 황자님께라도 알리게. 어서!"

라미레스 후작이 짜증을 억누르며 소리쳤다.

정말 저대로 놔뒀다간 유르스가 당장에라도 아스타로트의 목을 베어버릴 것만 같았다.

그러자 아르메스가 이해할 수 없다는 얼굴로 라미레스 후작을 바라봤다.

"그렇게 걱정이 되신다면 후작님께서 후작가의 기사를 말리시면 되는 일이 아닙니까?"

본디 자존심을 건 기사들의 대결에는 함부로 끼어드는 게 아니다.

특히나 상대적으로 강한 자가 자존심에 상처를 입은 경우에는 약한 쪽에서 먼저 고개를 숙이지 않는 한 대화로 끝날 가능성이 없었다.

그 사실을 라미레스 후작도 모르는 바는 아니었다.

아니, 오히려 너무나 잘 알고 있기 때문에 아르메스를 닦달했다.

"내가 한 말 못 들었나? 유르스는 마스터일세. 마스터! 그런데 나더러 유르스를 말리라니! 그게 말이 된다고 생각하는가?"

라미레스 후작의 눈에 핏대가 섰다.

계속해서 아르메스가 모르쇠로 일관한다면 눈 딱 감고 이대로 방관해 버릴 생각이었다.

하지만 애석하게도 아르메스는 아스타로트가 눈곱만큼도 걱정되지 않았다.

"제가 드릴 수 있는 말은 그것뿐입니다."

아르메스가 가볍게 고개를 숙였다. 그리고는 무심히 아스타로트 쪽으로 시선을 돌렸다.

"허……!"

이것 또한 자신에 대한 모욕이라고 생각한 라미레스 후작이 헛웃음을 터뜨렸다.

그러더니 뭔가를 결심한 듯 독한 눈으로 유르스를 바라봤다.

'뒷일은 내가 책임지겠네. 그러니 최선을 다 하게.'

라미레스 후작의 눈빛을 읽은 유르스가 빠득 이를 갈았다.

기사로서 대를 이어 섬겨 온 주군이 이토록 모욕을 받는다는 사실을 도저히 참을 수가 없었다.

"각오는 됐겠지?"

분노 어린 유르스의 목소리가 허공을 타고 울렸다.

그러자 오래 기다렸다는 듯 아스타로트가 슬쩍 입가를 비틀어 올렸다.

'흥!'

유르스는 아스타로트가 레이샤드를 믿고 허세를 부리는 것이라 여겼다.

그래서 마스터인 자신을 앞에 두고도 검조차 뽑지 않는 오만함을 부리고 있다고 생각했다.

물론 아스타로트가 황자의 호위 기사인만큼 부담이 없는 건 거짓말이었다.

라미레스 후작이 뒷일을 책임지겠다고 했지만 그 여파가 얼마나 클지는 솔직히 짐작조차 되지 않았다.

그렇다고 해서 기사로서, 마스터로서 자존심을 버릴 생각은 추호도 없었다.

일이 이렇게 된 만큼 차라리 깔끔하게 아스타로트를 베어버리고 레이샤드에게 실력과 충심을 인정받을 생각이었다.

"검을 들어라."

유르스가 아스타로트를 향해 소리쳤다.

마스터로서 검조차 들고 있지 않은 자를 상대로 먼저 달려들 수는 없는 노릇이었다.

"원한다면 들어주지."

아스타로트가 귀찮다는 듯 검을 뽑아 들었다.

스으윽.

무언가 녹이 슨 듯한 검의 마찰음이 유르스의 기분을 더욱 언짢게 만들었다.

"먼저 덤벼라."

유르스가 싸늘한 목소리로 말했다.

명색이 마스터인만큼 겉멋만 잔뜩 든 기사에게 선공을 펼칠 수는 없는 노릇이었다.

그러자 아스타로트가 큭, 하고 웃음을 터뜨렸다.

마계에서는 절망의 검이라 불리는 그가 고작 인간 따위를 상대로 선공을 허락받다니.

주제도 모르고 지껄인 말이겠지만 자존심이 상할 노릇이었다.

"내가 움직이면 네게는 기회가 없을 텐데?"

아스타로트가 애써 웃음을 삼키며 말했다.

선공이란 강자가 약자에게 기회를 주는 것이다.

최선을 다 할 수 있는 기회를 주어 죽더라도 후회가 없도록 하는 것이다.

마계에서도 아스타로트에게 선공을 내줄 자는 손에 꼽힐 정도였다.

당연하게도 유르스는 감히 선공을 운운할 자격이 없었다.

그러나 그 사실을 알지 못하는 유르스는 아스타로트의 오만함에 치를 떨었다.

"크으윽!"

빠득 이를 깨물던 유르스가 다시 한 번 라미레스 후작을 바라봤다.

잠깐 사이에 라미레스 후작의 마음이 변했을지도 모를 일이었다.

하지만 라미레스 후작은 이번에도 단단히 고개를 끄덕여 보였다.

그의 결심을 확인한 유르스도 더는 망설이지 않고 아스타로트를 향해 빠르게 달려들었다.

"하아압!"

벽력같은 노성과 함께 유르스가 검을 힘껏 사선으로 쳐올렸다.

후아아앗!

순식간에 허공을 가른 검날이 아스타로트의 목을 베듯 날아올랐다.

군더더기 하나 없는 완벽한 공격은 제대로 방비를 했다 해도 쉽게 막아내기가 어려워 보였다.

그러나 정작 아스타로트는 눈 하나 까딱하지 않았다.

유르스가 검을 움직인 순간부터 그의 머릿속에는 검의 궤적이 정확하게 그려진 상황이었다.

아스타로트는 성질 급한 마수의 발톱을 피하듯 슬쩍 한 걸음 뒤로 물러섰다.

그러자 거짓말처럼 유르스의 검이 아스타로트의 코앞을 스치고 사라졌다.

"이놈이!"

아스타로트가 운 좋게 자신의 공격을 피했다고 생각한 유르스가 곧바로 검을 내려쳤다.

자연스럽게 허공을 베며 쳐올려졌던 검이 급격히 가속하며 아스타로트의 머리 위로 떨어졌다.

유르스의 공격 전환은 군더더기 없이 깔끔했다.

상대가 마스터급 기사라 하더라도 쉽게 피할 수조차 없을 것 같았다.

하지만 이번에도 아스타로트는 한 걸음 물러서는 것만으

로 유르스의 검을 피해냈다. 그것도 너무나 무료하다는 표정을 지으며.

"허!"

그 모습을 지켜보던 라미레스 후작의 입에서 헛웃음이 터져 나왔다.

겁도 없이 유르스에게 덤벼들 때만 하더라도 별 볼 일 없는 자라 여겼는데 막상 실력을 보니 생각이 달라졌다.

"크윽!"

그것은 유르스도 마찬가지였다.

처음의 돌진에 이은 쳐올리기는 눈썰미가 좋은 자들이라면 피하거나 막을 수 있는 공격이었다.

하지만 연달아 펼친 내려치기는 피하기가 쉽지 않았다.

반응 속도가 조금이라도 늦었다가는 대번에 얼굴이 베일 수 있었다.

그럼에도 불구하고 아스타로트는 한 치의 오차도 없이 완벽하게 검을 피했다.

마치 사전에 검의 궤적을 정확하게 파악하고 움직이는 것 같은 느낌마저 들었다.

만일 유르스가 마스터가 아니었다면 아스타로트의 숨겨진 실력에 겁을 집어 먹었을 것이다.

어쩌면 아스타로트가 마스터의 경지에 이르렀을지 모른다

며 지레 몸을 사렸을 것이다.

그러나 마스터인 탓일까.

유르스는 별 볼 일 없던 상대가 본 실력을 드러내 줘서 오히려 고맙기만 했다.

만일 아스타로트가 자신의 평범한 공격조차 막아내지 못하고 단번에 떨어져 나갔다면 여러 모로 골치 아팠을 것이다.

최악의 경우 황자인 레이샤드의 호위 기사를 마스터가 일방적으로 학대했다는 오명을 쓸 수도 있었다.

하지만 다행히도 아스타로트의 실력은 생각만큼 허술하지 않았다.

오히려 자신의 공격을 피할 정도의 눈썰미를 갖췄으니 잘만 하면 괜찮은 승부를 기대해도 될 것 같았다.

'어디 얼마나 실력을 숨기고 있나 볼까?'

유르스가 슬쩍 입가를 비틀어 올렸다.

그리고는 화살처럼 튀어나가 아스타로트를 향해 빠르게 검을 내질렀다.

아스타로트는 이번에도 가볍게 몸을 움직여 공격을 피했다.

하지만 유르스가 끈질기게 거리를 좁히며 연속해 검을 휘두르는 탓에 더는 여유를 부리지 못했다.

깡! 깡! 까강!

결국 아스타로트가 손에 쥔 검을 휘둘렀다.

하지만 이번에도 아스타로트는 최소한의 움직임만을 보였다.

짧게 검을 내려쳐 유르스의 공격을 막아내고는 아무 일도 없는 듯 검을 회수했다.

'제법인데?'

그 모습이 유르스를 더욱 자극시켰다.

정말로 자신의 공격을 예상이나 한 것처럼 완벽한 순간에 막아내는 아스타로트의 모습에 투지가 솟구친 것이다.

"하압!"

유르스는 재차 검을 휘둘러 아스타로트를 공격했다.

아스타로트의 검술 실력이 훌륭하다는 건 알았지만 그래도 한 번쯤은 공격을 성공시키고 싶었다.

그러나 아스타로트는 단 한 번도 허점을 드러내지 않았다.

그렇게 백여 합의 격돌이 오갔지만 유르스는 끝내 아스타로트를 공략해 내지 못했다.

'어디 이것도 받아 봐라!'

흥이 동한 유르스는 조금 더 욕심을 냈다.

마나 홀에 잠재되어 있던 마나를 슬쩍 끌어 올린 것이다.

후아앙!

마나를 머금은 유르스의 검이 요란하게 떨어댔다. 뒤이어 유르스의 검날을 따라 뿌연 빛이 타올랐다.

오러(Aura).

체내에 축적된 마나의 구현체.

비록 마스터의 상징이라는 오러 블레이드는 아니었지만 마스터가 선보이는 오러는 평범한 오러와는 달랐다. 그만큼 단단하고 날카로웠다.

'이놈! 마나의 운용력은 어느 정도나 되는지 보자!'

유르스는 아스타로트도 자신을 따라 마나를 끌어 올릴 것이라 여겼다.

검술 대결에서 어느 한쪽이 오러를 선보인 이상 다른 쪽도 따라오는 게 당연한 수순이었다.

하지만 아스타로트는 유르스의 오러를 보고도 별다른 반응이 없었다.

마치 유르스가 오러를 끌어 올렸다는 사실을 전혀 눈치채지 못하는 듯했다.

'무슨 속셈이지?'

유르스가 살짝 눈가를 찌푸렸다.

이대로 오러가 실린 검을 휘둘러 승리를 쟁취해 봐야 좋을 건 아무것도 없었다.

그렇다고 대결 중에 상대에게 오러를 끌어 올렸다는 사실을 알려줄 수도 없는 노릇이었다.

원치 않게 시작된 대결이긴 해도 대결은 대결이다. 특히나 기사들의 대결에는 자존심이 걸려 있었다.

'일단 가볍게 상대해 보자.'

잠시 숨을 고른 유르스가 다시 아스타로트에게 덤벼들었다. 그러면서 일부러 눈에 빤히 보이는 공격을 선보였다.

후아아앗!

검날에 맺힌 오러가 제법 날카롭게 허공을 잘라냈다. 그 끝이 아스타로트의 가슴을 향해 날아들었다.

아스타로트는 이번에도 짧게 팔을 움직여 검을 쳐냈다.

까강, 하는 충돌음과 함께 유르스의 검날이 그대로 튕겨져 나갔다.

순간 유르스의 얼굴이 딱딱하게 굳어졌다. 그리고는 믿기 어렵다는 눈으로 아스타로트의 검을 노려보았다.

분명 유르스의 검에는 오러가 맺혀 있었다.

그것도 일반적인 오러가 아닌 마스터의 오러였다. 그 강도는 족히 두 배 이상 차이가 나는 것이었다.

그런 오러가 맺힌 검을 단순히 검으로 막았다간 부러지게 마련이었다.

설사 운 좋게 빗맞았다 하더라도 금이 가거나 이가 빠지는 걸 피할 수 없었다.

그런데 정작 아스타로트의 검과 부딪쳤을 때 되돌아온 느낌은 묵직한 충격이었다.

흡사 오러도 막아낸다는 전설의 검과 부딪친 기분이었다.

유르스는 아스타로트가 자신 몰래 마나를 끌어 올린 것이라고 여겼다.

그렇지 않고서야 자신이 밀릴 리 없다고 생각했다.

그러나 아스타로트의 검에는 아무런 변화가 없었다.

오러를 끌어 올렸다면 뭔가 일렁임이라도 보였겠지만 검은 처음과 조금도 다르지 않았다.

'뭐가 어떻게 된 거지?'

유르스의 얼굴이 당혹감으로 굳어졌다.

만일 아스타로트가 오러를 사용한 게 아니라면 그가 쥐고 있는 검이 전설의 명검이라는 말이 된다.

하지만 아무리 봐도 별 특색 없어 보이는 아스타로트의 검이 명검이라 불릴 것 같지는 않았다.

거무튀튀한 색으로 봐서는 흑철을 섞은 것처럼 보였지만 고작 그 정도만으로는 마스터의 오러를 흡수하거나 튕겨낼 수 없었다.

'내가 나도 모르게 너무 긴장을 한 것인가?'

유르스는 자신이 심리적인 압박감에 못 이긴 나머지 지나치게 오러를 억누른 것이라고 여겼다.

마스터로서 부끄러운 실수였지만 상대는 실력을 가늠하기

어려운 황자의 호위 기사였다.

아마도 그런 심리적 부담감이 실력 발휘를 방해한 것이라고 판단했다.

'그렇다면……!'

유르스는 입술을 질근 깨물었다.

그리고 이번에는 아스타로트의 콧대를 납작하게 꺾어놓겠다고 다짐했다.

"하압!"

사나운 기합성을 내지르며 유르스가 아스타로트를 향해 달려들었다.

동시에 빠르게 휘두른 검날이 그대로 아스타로트의 가슴을 파고들었다.

그러나 유르스의 공격은 이내 아스타로트의 정확한 반격에 가로막히고 말았다.

까가각!

날카로운 충돌음이 허공에 울렸다.

그와 함께 오러를 잔뜩 머금었던 유르스의 검이 요란스럽게 튕겨져 나갔다.

"허……!"

다시 뒤로 밀려난 유르스가 경악을 감추지 못했다.

유르스는 아스타로트를 혼쭐 내주겠다는 생각으로 상당량

의 오러를 끌어 올렸다.

설사 블레이드 나이트 급 기사라 할지라도 쉽게 막아내지 못할 정도였다.

그런데 아스타로트는 이번에도 제자리에서 한 발자국도 움직이지 않은 채 유르스의 공격을 잠재워 버렸다.

'대, 대체……!'

유르스가 놀란 눈으로 아스타로트를 바라봤다.

첫 번째는 우연이라 여길 수도 있다. 그러나 그 우연이 계속되면 실력으로 볼 수밖에 없다.

'서, 설마…… 저자도 마스터였단 말인가?'

유르스는 불현듯 그런 생각이 들었다.

처음부터 예의 따위는 무시한 듯한 태도와 도발적인 모습이 허세가 아닌 자신감이라면?

마스터일 가능성도 충분했다.

그리고 만일 마스터라면, 상대는 아마도 자신의 실력을 뛰어넘는 강자일지 몰랐다.

'어찌한다.'

고심하던 유르스의 시선이 다시 라미레스 후작에게 향했다.

아스타로트가 코앞에 있다는 점을 감안한다면 위험천만한 행동이었지만 그로서도 답이 서질 않았다.

그러나 유르스가 처한 난처함을 알지 못하는 라미레스 후작은 이번에도 걱정할 것 없다며 고개를 끄덕였다.

'이렇게 된 거 어쩔 수 없다.'

궁지에 몰린 유르스가 마지못해 마나를 끌어 올렸다.

지금 그가 할 수 있는 최선은 전력을 다해 불확실한 대상을 꺾는 것뿐이었다.

후아아아앙!

유르스의 의지를 대변하듯 그의 검날을 타고 뿌연 오러가 솟구쳤다.

그러더니 이내 강렬하게 타오르기 시작했다.

마스터의 상징, 오러 블레이드!

그 순간 무표정하던 아스타로트의 두 눈에 묘한 이채가 번져들었다.

2

후아아아앙!

은백색 검날을 타고 강렬하게 뻗어 나온 오러 블레이드가 주변을 집어삼킬 듯 타올랐다.

그 빛무리에 홀린 듯 라미레스 후작과 기사들은 자신들도 모르게 나직한 탄성을 흘렸다.

'끝났군.'

자연스럽게 라미레스 후작과 기사들은 같은 생각을 했다.

맞닿는 것은 무엇이든 파괴해 버리는 게 바로 오러 블레이드이다.

유르스가 오러 블레이드를 꺼내 든 이상 아스타로트도 더는 버티지 못할 것이라 여겼다.

"이런이런. 결국 이 지경이 되었군. 어떤가? 지금이라도 사과하고 물러선다면 내 유르스를 말려 보겠네만."

라미레스 후작이 마치 예상치 못한 전개라는 듯 호들갑을 떨었다.

그러면서 짓궂은 눈으로 아르메스를 바라봤다.

이쯤 됐으면 아르메스도 적잖게 당혹스러워할 것이라 여긴 것이다.

그러나 정작 아르메스의 표정은 한결같았다.

이글거리는 오러 블레이드를 보았을 텐데도 조금의 변화조차 느껴지지 않았다.

"크윽, 이대로 놔둬도 정말 후회하지 않겠나?"

라미레스 후작이 빠득 이를 악물었다. 그러자 아르메스가 당연하다는 듯 가볍게 고개를 숙였다.

"누차 말씀드렸듯 저는 이번 싸움에 끼어들 자격이 없습니다. 그러니 후작님의 뜻대로 하십시오."

"크윽!"

라미레스 후작이 신경질적으로 고개를 돌렸다. 그리고는 유르스를 향해 힘껏 소리쳤다.

"유르스! 후작가의 자존심을 세워주게!"

순간 유르스의 눈매가 딱딱하게 굳어졌다.

라미레스 후작가의 자존심을 세워 달라는 말은 다시 말해 아스타르토를 철저히 짓밟으라는 소리나 마찬가지였다.

"더 이상 선택의 여지가 없군."

궁지에 몰린 유르스가 검을 단단히 움켜잡았다.

후아아앙!

그의 검날을 타고 마나가 더욱 매섭게 솟구쳤다.

'자, 이제 어쩔 셈이냐?'

한결 매서워진 유르스의 시선이 아스타르토에게 향했다.

마스터로서 마지막 패인 오러 블레이드까지 꺼내 들었다.

당연히 아스타르토도 뭔가 반응을 보일 것이라 여겼다.

하지만 정작 아스타르토는 미동조차 하지 않았다.

검을 사선으로 늘어뜨린 채로 유르스를 조용히 응시할 뿐이었다.

그렇다고 오러 블레이드에 겁을 집어 먹은 것 같지도 않았다. 살짝 삐쳐 오른 입꼬리를 보니 오히려 자신이 전력을 다하길 기다린 눈치였다.

'크으으……!'

유르스는 괜히 등골이 오싹해졌다.

아스타로트의 거만하다 못해 오만한 태도를 보니 어쩌면 마스터, 그 이상일지도 모른다는 불길함이 치민 것이다.

"크아아악!"

자신도 모르게 겁을 집어삼킨 유르스가 이내 크게 악을 내질렀다.

그렇게 하면 온몸을 휘감는 불길함을 떨쳐낼 수 있을 것이라고 여겼다.

그러나 그 불길함은 마스터의 기합만으로 억누를 수 있는 게 아니었다.

그 불길함의 정체는 바로 아스타로트의 몸을 타고 흘러나오는 진득한 투기였다.

그리고 그 투기에서 벗어날 수 있는 방법은 아스타로트를 죽이거나, 그의 검에 죽는 것뿐이었다.

기합을 내질렀지만 달라지는 것은 아무것도 없었다.

불길함은 물론이고 가슴에 쌓인 답답함도 그대로였다.

'크윽! 제길!'

유르스는 질근 입술을 깨물었다.

그가 쫓기듯 오러 블레이드를 끌어낸 건 심리적인 압박감에서 벗어나기 위함이었다.

인정하고 싶지 않지만 아스타로트가 선보인 검술은 분명 자신보다 한 수 위였다.

검술 자체만 놓고 보자면 그리 특별해 보이지 않았지만 아스타로트가 선보인 빠른 판단력과 대응 능력은 마스터인 그조차도 쉽게 흉내 내기 어려운 것이었다.

솔직히 유르스는 기본기에 충실한 기사가 아니었다. 그저 남들보다 마나를 끌어내는 재능이 탁월했을 뿐이다.

유르스를 마스터로 만들기 위해 라미레스 후작가는 엄청난 양의 재화를 쏟아부었다.

그리고 그런 라미레스 후작가의 기대에 부응하기 위해서는 최대한 빨리 마스터의 경지에 오르는 수밖에 없었다.

기본기가 탄탄한 기사는 실전에 강하다.

그러나 기본기가 탄탄한 기사가 꼭 마스터의 경지에 오르는 건 아니었다.

오히려 지나치게 기본기에 얽매여 검술의 벽을 넘지 못하는 경우가 허다했다.

유르스는 검이 손에 익숙해졌다고 여길 때부터 기본기보다 마나의 운용에 집중하기 시작했다.

그 결과 서른 살 초반의 나이에 마스터의 경지에 오를 수 있었다.

조금 전 오러 대결을 펼칠 때까지 유르스는 아스타로트가 기본기에 충실한, 마스터의 벽 앞에 선 블레이드 나이트 급의 기사일 것이라 생각했다.

그래서 순수한 검술 대결에서는 자신이 밀리는 것이라 판단했다. 물론 마음 한편으로는 마스터일지 모른다는 의심을 가지고 있었다.

그러나 현실적으로 봤을 때 그럴 가능성은 그리 높지 않았다. 한 명의 마스터를 만들기까지 걸리는 시간과 재화는 상상 이상이다.

마스터가 될 자질을 갖춘 이는 많지만 그들이 늦지 않은 시기에 이 같은 기회를 잡기란 거의 기적에 가까운 일이었다.

그래서 유르스는 일부러 오러 블레이드를 끌어냈다. 그렇게 하면 아스타로트의 진짜 실력을 확인해 볼 수 있다고 생각했다.

아스타로트가 예상대로 마스터의 경지를 넘지 못한 자라면 아마 적잖게 긴장하는 모습을 보일 터였다.

제아무리 기본기가 충실하다 할지라도 그것만으로는 오러 블레이드에 맞설 수는 없는 노릇이었다.

만에 하나 아스타로트가 정말로 마스터라면 그 역시 오러 블레이드를 끌어낼 수밖에 없었다.

상식적으로 오러 블레이드를 막아낼 수 있는 건 오러 블레이드뿐이었다.

그러나 설사 아스타로트가 마스터라 할지라도 유르스는 크게 걱정하지 않았다.

그에게는 따로 믿는 구석이 있었다.

정말로 아스타로트의 검에서 오러 블레이드가 피어오른다면 라미레스 후작이 재빨리 중재에 나설 것이 뻔했다.

승리를 확신할 수 없는 싸움을 즐기다 마스터를 잃을 만큼 라미레스 후작은 어리석은 자가 아니었다.

하지만 정작 아스타로트의 반응은 유르스의 예상을 완전히 빗나가버렸다.

오러 블레이드를 보고도 아스타로트는 별달리 긴장하는 모습이 아니었다.

그렇다고 오러 블레이드를 끌어내지도 않았다.

오히려 지나치리만치 오만한 태도로 자신을 불안하게 만들었다.

'크으윽!'

유르스는 더욱 힘껏 입술을 깨물었다.

승산 없는 싸움은 가급적이면 피하고 싶었지만 이제 와 몸을 사리기는 너무 늦어버렸다.

"와라!"

유르스가 있는 힘껏 소리쳤다.

후아아앗!

그의 의지를 대변하듯 오러 블레이드가 더욱 강렬하게 타올랐다.

그때였다.

"아르메스, 밖이 왜 이렇게 소란스럽죠?"

갑작스럽게 오두막 안쪽에서 낯선 목소리가 흘러나왔다.

긴장 어린 눈으로 대결의 현장을 바라보고 있던 라미레스 후작이 반사적으로 고개를 돌렸다.

불현듯 목소리의 주인공이 레이샤드일지 모른다는 생각이 든 것이다.

아니나 다를까.

"소란스럽게 해 드려 죄송합니다. 황자님."

아르메스가 목소리의 주인을 향해 가볍게 고개를 숙여 보였다.

"처음 뵙겠습니다, 황자님."

라미레스 후작이 즉시 레이샤드에게 달려가 예를 갖췄다. 그러면서 레이샤드의 표정을 유심히 살폈다.

"라미레스 후작이시군요. 만나서 반가워요."

레이샤드는 애써 웃으며 라미레스 후작을 반겼다.

하지만 뭐랄까. 어딘지 모르게 당황해하는 듯한 기색이 엿보였다.

제39장

제국 북동부 Part 4

1

'뭐지?

라미레스 후작은 빠르게 머리를 굴렸다. 그리고 어렵지 않게 그 원인을 알아챘다.

라미레스 후작이 바람 부족을 찾아온 이유는 레이샤드를 설득하기 위해서였다.

자신이 레이샤드를 암살하려 했다는 오해를 풀어야만 황실에 소환령 철회를 요구할 수 있었다.

물론 레이샤드와의 오해를 푼다는 게 말처럼 쉬운 일은 아니었다.

라미레스 후작과 레이샤드는 지금껏 그 어떤 교류도 없었다.

라미레스 후작이 이런 식으로 갑작스럽게 레이샤드를 찾아온 것 자체가 실례인 상황이었다.

게다가 레이샤드는 제국의 황족이었다.

비록 황실에서 쫓겨나 변방에 머무르고 있다 할지라도 황족이라는 사실만큼은 달라지지 않았다.

만일 레이샤드가 황실을 등에 업고 고압적으로 나온다면 상황이 더욱 꼬일 수 있었다.

하지만 라미레스 후작은 레이샤드가 순순히 협상 테이블에 앉아줄 것이라 확신했다.

제아무리 제국 황실의 정보력이 대단하다 하더라도 제국 변방의 일까지 전부 파악하는 데에는 상당한 시간이 필요했다.

게다가 바람 부족은 아단 산맥에 머물고 있는 이종족이었다.

바람 부족에 레이샤드가 찾아왔다는 사실을 라미레스 후작가보다 먼저 알아채기란 쉽지 않은 일이었다.

그러나 황실은 라미레스 후작가보다 먼저 레이샤드의 존재를 알아챘다.

그렇다는 건 정상적인 경로로 정보가 들어간 게 아니라는 소리였다.

다시 말해 레이샤드 쪽에서 황실에 은밀히 정보를 흘렸다는 이야기다.

그리고 레이샤드가 황실을 통해 소환령을 이끌어낸 이유도 뻔했다.

은밀하게 자신에게 원하는 게 있는 것이 틀림없었다.

라미레스 후작은 십중팔구 레이샤드가 금전적인 보상을 요구할 것이라고 예상했다.

지리상 라미레스 후작령과 아베론 영지는 상당히 멀리 떨어져 있었다.

인접한 영지가 아닌 만큼 이권을 통한 보상에는 한계가 있었다.

더욱이 레이샤드가 다스린다는 아베론 영지는 대륙에서도 척박하기로 첫손에 꼽히는 곳이다.

그런 곳에서 황족의 품위를 지키며 살기란 결코 쉽지 않을 터.

당연히 돈이 필요할 수밖에 없었다.

라미레스 후작은 가급적이면 레이샤드의 요구를 최대한 수용해 줄 생각이었다.

경우에 따라서는 금전적으로 상당한 타격을 입을 수 있겠지만 황실을 적으로 돌려 불필요한 견제를 받거나 막대한 이권을 포기하는 것보다는 백번 나은 일이었다.

그래서 갑작스럽게 레이샤드가 나타났을 때에도 라미레스 후작은 제국 후작으로서의 체면까지 버리고 냉큼 고개를 숙였다.

그런데 정작 레이샤드의 반응은 라미레스 후작의 예상을 완전히 빗나가 버렸다.

황실에서 소환령이 내려진 순간부터 협상의 주도권은 레이샤드의 손아귀에 떨어져 있었다.

라미레스 후작이 황실의 소환령을 피하기 위해서는 레이샤드를 설득하는 것 이외에 다른 선택이 없었다.

그 사실을 레이샤드도 모르지 않을 터.

그렇다면 심리적인 우위를 유지하기 위해서라도 보다 당당하고 오만하게 구는 게 당연했다.

하지만 정작 레이샤드의 웃음은 어딘지 모르게 어색하기만 했다.

단순히 낯가림이라기보다는 마치 생각대로 일이 풀리지 않는다는 표정이었다.

눈치 빠른 라미레스 후작은 레이샤드가 유르스와 아스타로트의 싸움을 원치 않는 것이라고 판단했다.

그렇지 않고서야 지금껏 사태를 관망하던 레이샤드가 모습을 드러낼 이유가 없었다.

'그렇다면……?

자연스럽게 라미레스 후작은 레이샤드의 속내가 빤히 그려졌다.

아마도 이 모든 상황을 주도한 것은 레이샤드일 것이다.

아직 나이가 어리니 주변의 조언을 받았겠지만 어쨌든 암살 사건을 빌미로 라미레스 후작가에게 막대한 보상을 뜯어낼 생각이었던 모양이다.

그래서 먼저 바람 부족을 시켜 자신의 호위 병력의 수를 제한했다.

그것으로도 모자라 아르메스를 통해 호위기사들마저 떼놓으라고 종용했다.

표면적인 이유야 황족에 대한 예우를 들먹였지만 실질적인 이유는 뻔했다.

자신에게 심리적인 압박을 가해 협상을 유리하게 끌고 가기 위함일 터였다.

제아무리 달변가라 할지라도 신변의 위협을 느끼면서까지 자신의 이익을 챙기기란 불가능한 일이었다.

하물며 이번 협상은 레이샤드가 절대적으로 유리한 상황이었다.

거기서 심리적으로 위축되기까지 한다면 온전한 협상을 진행하기가 불가능했다.

라미레스 후작이 유르스를 충동질한 건 일종의 도박이었다. 그리고 레이샤드를 향한 경고였다.

일방적으로 레이샤드에게 끌려 다니지 않겠다는 확실한 의사표시였다.

그리고 라미레스 후작의 의지에 대한 대답으로 레이샤드는 아스타로트를 내놓았다.

아스타로트를 처음 봤을 때 라미레스 후작은 그저 입만 산 시건방진 기사라 여겼다.

대륙에는 실력은 형편없지만 말주변이 좋아 운 좋게 황족이나 귀족들의 눈에 들어 호의호식하는 기사가 많았다.

실력 있는 기사들보다 아첨과 아부를 잘하는 기사들을 곁에 두는 황족과 귀족들도 적지 않은 상황이었다.

더욱이 아베론 영지와 같은 척박한 곳에서 제대로 된 기사가 있을 리 만무할 터. 아스타로트의 수준을 지나치게 얕잡아 봤다.

그러나 실제 아스타로트는 유르스의 공격을 받아낼 만큼 상당한 실력을 갖추고 있었다.

검에 대해서는 문외한에 가까운 라미레스 후작이지만 절로 눈길이 갈 정도였다.

물론 그렇다고 해서 유르스가 질 것이라는 생각은 눈곱만큼도 들지 않았다.

제아무리 실력이 뛰어나다 하더라도 유르스는 마스터다.

마스터의 벽을 넘은 자와 그렇지 못한 자의 차이는 실로 엄청난 것이었다.

그래서 라미레스 후작은 몇 번이고 아르메스에게 대결의 중단을 요청했다.

아스타로트를 내세운 게 레이샤드의 또 다른 시험이라면 이쯤에서 멈추는 게 좋을 것이라고 판단했다.

만에 하나 상황이 지나치게 과열된다면 자신조차 어쩌지 못하는 상황이 벌어질 수 있었다.

하지만 그때마다 아르메스는 간섭할 자격이 없다며 발을 뺐다.

오히려 마스터인 유르스를 만류하라는 말도 안 되는 소리를 지껄여 댔다.

라미레스 후작은 이 모든 게 협상을 앞두고 벌어지는 기선 싸움이라 여겼다.

그리고 레이샤드가 기선 싸움에서 결코 밀리고 싶어 하지 않는다는 사실을 깨달았다.

당연하게도 라미레스 후작도 이 싸움에서 먼저 물러나고 싶은 마음은 없었다.

만일 레이샤드의 기분을 맞춰주려 했다면 처음부터 유르스를 끌어들이지 말았어야 했다.

상황을 이 지경으로 만들어 놓고선 이제 와 유르스를 뒤로 물려봐야 본전도 찾기 어려웠다.

승부심이 동한 라미레스 후작은 이를 악물고 유르스를 다그쳤다.

이렇게 된 거 유르스가 차라리 마스터로서 실력을 유감없이 보여주는 편이 낫다고 여겼다.

마스터는 어느 나라나 귀한 전력이다.

제국에 속한 마스터가 수십 명이라 할지라도 마스터에 대한 예우만큼은 주변 왕국보다 후했다.

그 예우 속에는 어지간한 잘못은 너그럽게 용서해 줄 수 있는 면책 특권도 포함되어 있었다.

설사 황족의 호위 기사를 죽였다 할지라도 자초지종을 잘 설명한다면 충분히 구명 받을 수 있었다.

물론 유르스가 면책 특권을 받기 위해서는 제국의 마스터로 이름을 올려야 했다.

그렇게 될 경우 라미레스 후작은 유르스에 대한 소유권을 포기할 수밖에 없다.

지난 수십 년간 유르스를 마스터로 키워내기 위해 쏟아부었던 정성과 재화를 생각한다면 결코 쉬운 결정은 아니다.

하지만 그렇다고 해서 라미레스 후작이 완전히 손해를 보는 것은 아니었다.

라미레스 후작이 유르스를 마스터로 만들기 위해 애를 쓴 건 라미레스 후작가를 지키기 위함이 아니었다.

위협거리라고는 아단 산맥의 몬스터뿐인 라미레스 후작가에 마스터가 있어 봐야 크게 도움이 되는 것은 아니었다.

하지만 황실의 지독한 견제를 받고 있는 칼슈타트 황제라면 이야기가 달라진다.

라미레스 후작이 은밀히 양성한 마스터가 결정적인 순간에 자신의 편이 되어준다면?

그것만큼 좋은 일은 없었다.

라미레스 후작은 본래 아르만 공작가와의 싸움 때 유르스의 정체를 밝힐 생각이었다.

아르만 공작가와 라미레스 후작가의 싸움은 두 가문의 지지 성향으로 보아 황실파와 황제파의 대리전 양상을 띨 가능성이 높았다.

그런 때에 라미레스 후작가의 기사가 마스터임이 밝혀지고 그의 활약으로 라미레스 후작가가 대승을 거둔다면?

자연스럽게 칼슈타트 황제와 그를 따르는 지지 세력의 입지도 강화될 터였다.

평범한 마스터와 전쟁 영웅은 이름값 자체가 다르다.

마스터의 경지에 오른 기사들이 자신의 정체를 숨기고 전쟁에 참전해 큰 공을 세우는 것도 자신의 능력 이상의 대우를 받기 위함이었다.

만일 라미레스 후작의 계획대로 모든 게 진행됐다면 아마도 그는 칼슈타트 황제로부터 적잖은 보상을 받았을 것이다.

그리고 유르스는 전쟁 영웅으로 불리며 칼슈타트 황제 세력의 새로운 활력소가 됐을 것이다.

그런데 생각지도 못한 곳에서 일이 꼬여 버렸다. 그리고 원치 않게 유르스의 정체마저 드러나고 말았다.

유르스가 오러 블레이드를 끌어낸 순간부터 라미레스 후작은 레이샤드와의 협상이 쉽지 않을 것이라고 예상했다.

그전에 상황이 수습되었다면 그럴듯한 말로 둘러댈 수 있겠지만 더 이상은 유르스가 마스터라는 사실을 감출수가 없었다.

그래서 라미레스 후작은 내심 최악의 상황까지 염두에 두고 있었다.

레이샤드와의 협상이 실패할 경우 곧장 유르스를 이용해 칼슈타트 황제의 조력을 끌어내기로 마음먹은 것이다.

유르스라면 칼슈타트 황제도 결코 손해 보는 장사는 아닐 터.

당초 계획만큼 많은 보상을 받아내진 못하겠지만 황실의 죄인으로 낙인찍히는 것만큼은 피할 수 있다고 여겼다.

그런데 한발 늦게 레이샤드가 나타났다.

그리고 이제 와서 상황을 수습할 것처럼 굴었다.

'저 기사를 아끼는군.'

라미레스 후작은 자신도 모르게 웃음이 났다.

고작 기사 하나를 살리기 위해 자존심마저 버리다니. 확실히 레이샤드가 어리다는 생각이 들었다.

물론 레이샤드의 마음을 이해하지 못하는 건 아니었다.

제국의 황족임에도 불구하고 척박한 영지에서 영주 노릇이나 해야 하는 레이샤드에게 아스타로트는 세상과도 바꿀 수 없는 소중한 기사일지 몰랐다.

하지만 만일 자신이 레이샤드였다면 아스타로트를 살리기 위해 심리적인 우위를 버리지는 않았을 것이다.

아스타로트라는 기사가 아깝긴 하지만 그를 희생시켜 얻을 수 있는 게 더 크기 때문이었다.

'그 아버지에 그 아들인가? 제법 머리를 쓰긴 했지만 역시 기대만은 못하는군.'

라미레스 후작은 애써 웃음을 삼켰다. 그리고 잠자코 레이샤드의 반응을 지켜보았다.

"그런데 이게…… 무슨 일이죠?"

라미레스 후작과 간단한 인사를 마친 레이샤드는 영문을 모르겠다는 얼굴로 아르메스에게 상황을 물었다.

마치 이 모든 일은 자신과 아무 상관이 없다고 항변이라도 하는 것 같았다.

"그게……."

아르메스는 나직한 목소리로 상황을 설명했다.

그 목소리가 너무나 작아서 잘 들리지는 않았지만 라미레스 후작은 아르메스가 열심히 변명을 늘어놓는 것이라고 판단했다.

"그런 일이 있었군요."

레이샤드가 다소 심각한 얼굴로 고개를 끄덕였다. 그리고는 다시 라미레스 후작에게 시선을 옮겼다.

라미레스 후작은 기다렸다는 듯이 레이샤드와 눈을 맞췄다.

그러자 잠시 당혹스러워하던 레이샤드가 조심스럽게 말을 이었다.

"라미레스 후작, 뭔가 오해가 있었던 모양이에요."

라미레스 후작은 대답 대신 빙긋 웃어 보였다.

마음 같아서는 한껏 웃음을 터뜨리고 싶었지만 그랬다간 레이샤드의 마지막 남은 자존심을 건드리게 될 것 같았다.

그렇다고 해서 이제 와 레이샤드에게 고분거리고 싶은 마음은 없었다.

만일 유르스가 오러 블레이드를 꺼내 들기 전에 레이샤드가 중재를 하려 했다면 라미레스 후작도 군말없이 고개를 끄덕였을 것이다.

그가 위험을 무릅쓰고 바람 부족까지 온 것은 레이샤드와 협상을 하기 위해서였다.

그리고 그는 레이샤드를 충분히 설득시킬 자신이 있었다.

하지만 유르스의 실체가 공개된 이상 군이 양보를 할 이유가 없었다.

게다가 그는 몇 번이고 아르메스에게 물러설 기회까지 줬다.

라미레스 후작으로서는 할 수 있는 최선을 다한 셈이었다.

설사 이대로 대결을 강행한다 하더라도 그 누구도 그를 탓할 수는 없는 노릇이었다.

"죄송합니다만 황자님. 저로서는 어쩔 방법이 없습니다."

라미레스 후작이 한발 앞서 레이샤드의 말을 막았다.

지금은 불필요한 실랑이보다 단호한 의지 표현이 더 효과적이었다.

"그래도 이쯤에서 서로 물러나는 게 좋지 않을까요?"

레이샤드가 애써 담담한 목소리로 말했다.

하지만 흔들리는 그의 눈빛은 아스타로트에 대한 걱정을 감추지 못하고 있었다.

'이제 와서 적당히 마무리 짓자는 소리인가? 흥. 어림없지.'

라미레스 후작은 속으로 코웃음을 쳤다.

레이샤드가 아스타로트를 끔찍이도 아낀다는 사실을 알아챈 이상 이대로 넘어갈 생각은 없었다.

"글쎄요……."

라미레스 후작이 말끝을 흐렸다.

그러면서도 능글맞은 그의 표정은 협상을 할 의사가 있음을 내보였다.

"후작가의 기사에 대해서라면 걱정할 것 없습니다. 후작가의 기사가 마스터란 사실은 황족의 이름을 걸고 비밀로 하도록 하겠습니다. 또한 이번 일에 대해서 다시 언급하는 일도 없을 것입니다."

레이샤드가 냉큼 말을 덧붙였다.

황족으로서 약속한 이상 유르스의 정체에 대한 비밀을 지킬 수밖에 없었다.

그리고 그 정도면 이번 일에 대한 보상으로 충분하다고 여겼다.

하지만 라미레스 후작은 조금 더 욕심을 부렸다.

레이샤드를 기사 하나에 목숨 거는 철부지 황자쯤으로 여겨 버린 것이다.

"황자님께서도 아시다시피 유르스는 마스터입니다. 그리고 전 그의 명예를 지켜줄 책임이 있습니다."

라미레스 후작이 사양하듯 정중하게 고개를 숙였다.

하지만 감춰진 그의 눈빛은 탐욕으로 이글거리고 있었다.

"무엇을…… 원하십니까."

레이샤드가 질근 입술을 깨물며 물었다.

"황실의 소환령을 거두어 주십시오."

라미레스 후작이 기다렸다는 듯이 대답했다.

"그것은…… 제가 할 수 있는 일이 아닙니다."

레이샤드가 당혹스러운 표정을 지었다.

솔직히 이번 황실의 소환령은 로베르토 대공의 주도하에 이루어진 것이다.

물론 엘리자베스가 사전에 계획한 일이긴 하지만 레이샤드가 소환령을 취소해 달라고 한들 황실이 들어준다는 보장은 없었다.

라미레스 후작도 그 사실을 잘 알고 있었다.

하지만 그렇다고 해서 아예 방법이 없는 것은 아니었다.

"황자님께서는 오해를 풀어주시기만 하시면 됩니다. 그 이후의 문제는 제가 알아서 하겠습니다."

라미레스 후작이 능글스럽게 웃으며 말했다.

레이샤드가 직접 나서서 암습을 받지 않았다고 말한다면 제아무리 황실이라 할지라도 라미레스 후작을 강제로 소환할 명문이 없었다.

"흠······."

레이샤드는 살짝 고민스러운 표정을 지었다.

그 모습이 라미레스 후작의 눈에는 어떻게든 아스타로트를 살리고 싶어 하는 것처럼 보였다.

그때였다.

"황자님, 잠시만······."

옆에 있던 아르메스가 다급히 레이샤드에게 다가왔다.

아르메스는 한참 동안이나 레이샤드에게 귓속말을 전했다.

다소 심각해진 그의 표정으로 보아 라미레스 후작의 제안을 받아들여서는 안 된다는 충고 같았다.

하기야 고작 기사 하나를 살리겠다고 협상의 주도권을 포기한다는 건 어리석은 선택이었다.

유르스처럼 마스터의 경지에 이른 기사라면 또 모르겠지만 그렇지 않다면 대를 위해 소를 희생시키는 게 당연했다.

하지만 그것은 라미레스 후작처럼 산전수전을 다 겪은 노련한 귀족들이나 할 수 있는 선택이었다.

어린 나이에 대우 받고 싶어 하는 귀족들의 경우 대개 자신의 것을 포기하는 법을 모른다.

아니나 다를까.

"그래서 나더러 뭘 어쩌란 말인가요!"

레이샤드가 아르메스를 향해 짜증을 부렸다.

자연스럽게 라미레스 후작의 입가를 타고 웃음이 번졌다.

레이샤드의 표정으로 보아 더 이상 재촉하지 않아도 자신의 요구를 받아들일 것 같았다.

오히려 더 부추겼다가 반감을 사게 될 수도 있었다.

그러나 단순히 레이샤드에게 확답을 얻어내는 것만으로는 부족했다.

본래 사람의 마음이란 간사해서 언제 어떻게 바뀔지 모른다.

특히나 나이가 어린 귀족들은 귀가 얇은 귀족들만큼이나 변덕이 심했다.

라미레스 후작은 가급적이면 문서로 약속을 받고 싶었다.

황족으로서 약속했다고 하더라도 그것만으로는 부족했다. 오늘 있었던 일을 문서화하지 않는 한 레이샤드가 약속을 완전히 지킨다는 보장이 없었다.

라미레스 후작은 일부러 고개를 돌려 유르스 쪽을 바라봤다.

레이샤드의 등장 이후로 유르스와 아스타로트의 대결은 자연스럽게 중단된 상태였다.

유르스는 비교적 차분한 얼굴로 라미레스 후작의 시선을 맞았다.

지금 상황에서 자신의 생각이나 감정이 라미레스 후작의 결정에 아무런 도움이 되지 않음을 잘 알고 있기 때문이었다.

반면 아스타로트는 상당히 불쾌한 표정을 짓고 있었다.

마치 이런 식으로 대결이 중단된 것 자체가 마음에 들지 않는 모양이었다.

그런 아스타로트의 불만이 레이샤드에게도 전해졌다.

그리고 그런 반응을 예상하지 못한 듯 레이샤드는 당혹스러움을 감추지 못했다.

아스타로트를 위해 나선 게 오히려 그의 자존심을 건드렸다는 사실에 충격이라도 받은 모양이었다.

'그렇단 말이지?'

라미레스 후작은 순간 눈을 빛냈다.

이 분위기를 잘만 이용한다면 자신에게 보다 유리한 결과를 끌어낼 수 있을 것 같았다.

"황자님, 차라리 이렇게 하면 어떨는지요."

라미레스 후작이 넌지시 운을 뗐다.

그러자 레이샤드의 시선이 자연스럽게 라미레스 후작에게 향했다.

"비록 오해 속에 벌어진 일이라고는 하지만 그래도 기사들의 자존심이 걸린 일입니다. 그러니 어떻게든 승부를 보게 하는 편이 어떻겠습니까?"

라미레스 후작의 제안에 레이샤드의 눈매가 굳어졌다.

그 말을 곧이곧대로 받아들이자면 지금까지 했던 논의를 없던 것으로 하자는 것이나 마찬가지였다.

그러나 라미레스 후작도 애써 만들어놓은 분위기를 깨뜨리고 싶은 마음은 추호도 없었다.

"아, 물론 이대로 대결을 하도록 놔둔다면 승패야 뻔할 수밖에 없겠지요. 그래서 그전에 조건을 달았으면 합니다."

라미레스 후작이 냉큼 말을 덧붙였다.

"조건…… 이요?"

레이샤드가 은연중에 흥미를 드러냈다.

"제가 생각하는 건 이렇습니다. 제가 듣기로 실력이 뛰어난 기사들은 마스터와의 대결을 꿈꾼다고 합니다. 아마 황자님의 기사도 같은 마음일 것이라 생각됩니다."

라미레스 후작이 그럴듯한 말을 늘어놓았다.

아스타로트의 표정을 본 탓에 레이샤드도 공감하듯 고개를 끄덕거렸다.

"유르스도 황자님의 기사처럼 실력이 출중한 자를 오랜만에 상대해서 피가 끓어오르는 모양입니다. 그렇다고 이대로 대결을 방치했다간 불상사가 생길 수도 있지 않겠습니까? 그러니 대련의 형식으로 서로의 실력을 겨루게 하는 게 어떻겠습니까?"

일반적인 검술 대련은 원칙적으로 필요 이상의 살상이 금지가 된다.

당연히 기사 노릇을 할 수 없을 만큼 중상을 입거나 목숨을 잃는 경우는 거의 없다시피 하다.

라미레스 후작은 아스타로트가 죽을 가능성을 차단함으로서 레이샤드를 자신이 벌여놓은 판에 끌어들이려 했다.

"대련이라……."

레이샤드도 그런 라미레스 후작의 제안이 솔깃한 듯 천천히 고개를 끄덕였다.

라미레스 후작은 그 틈을 놓치지 않고 펼쳐놓은 그물을 더욱 바짝 잡아당겼다.

"물론 유르스가 마스터인만큼 실력의 차이를 고려하지 않을 수가 없겠지요. 그래서 제가 생각해 본 것인데 유르스의 오러 블레이드를 황자님의 기사가 막아내는 것으로 하면 어떻겠습니까?"

"오러 블레이드를…… 막아낸다고요?"

"네, 세 번의 공격 중에 단 한 번이라도 막아낸다면 황자님의 기사가 이긴 것으로 하겠습니다. 대신 세 번의 공격을 단한 번도 막아내지 못한다면 유르스의 승리로 간주하고 조금전에 약속하신 걸 문서로 약속해 주셨으면 합니다."

라미레스 후작이 넌지시 본색을 드러냈다.

그러자 레이샤드도 승부욕이 동한 듯 단번에 고개를 끄덕였다.

"좋아요. 그렇게 하지요. 그런데 아스타로트가 승부에서 이기면 어떻게 되는 건가요?"

레이샤드가 라미레스 후작을 똑바로 바라보며 되물었다.

그의 표정은 아스타로트에 대한 지나친 믿음으로 가득 차 있었다.

라미레스 후작은 순간 웃음이 터지려는 걸 힘겹게 참아냈다.

마스터인 유르스를 상대로 이기겠다니. 참으로 꿈도 야무진 생각이었다.

하지만 승부의 조건이 동일해야 한다는 의견에는 어느 정도 공감했다.

그래야만 나중에라도 뒷말이 나오지 않았다.

"황자님이 원하시는 바를 말씀하십시오."

라미레스 후작이 레이샤드를 바라보며 물었다.

레이샤드가 어떤 조건을 달지 뻔했지만 어차피 승패가 결정된 만큼 특별히 걱정이 되지는 않았다.

그러자 레이샤드가 단호한 목소리로 말했다.

"저 기사를 제게 주세요. 이 모든 일에 대한 책임을 지게 하겠어요."

예상을 빗나가는 대답이었지만 라미레스 후작은 별 생각 없이 고개를 끄덕였다.

그러면서도 속으로는 코웃음을 쳤다.

마스터인 유르스를 귀히 대하지는 못할망정 책임을 지우겠다니.

참으로 유치한 발상이라 여겼다.

레이샤드는 아르메스를 불러 이번 대결의 참관인으로 명했다.

아르메스가 몇 번이고 레이샤드를 만류했지만 레이샤드는 끝내 고집을 꺾지 않았다.

라미레스 후작도 굳이 반대하지 않았다.

참관인이 누가 되었든 결과는 달라지지 않을 것이라 확신했다.

결국 무겁게 한숨을 내쉰 아르메스가 두 기사의 앞쪽에 섰다.

그리고 레이샤드와 라미레스 후작이 결정한 사항을 일러주었다.

"대련이라……."

이야기를 전해 들은 유르스가 살짝 이맛살을 찌푸렸다. 그는 내심 이대로 대결이 끝나길 바랐다.

아스타로트는 승리를 확신할 수 없는 상대였다.

게다가 아스타로트의 기세를 꺾기 위해 이미 적잖은 마나를 소비한 상황이었다.

레이샤드의 등장으로 분위기마저 깨진 마당에 굳이 싸움을 이어갈 필요성을 느끼기 어려웠다.

그런데 아르메스가 전한 결과는 유르스를 당혹스럽게 만들었다.

조금 전까지만 해도 서로를 죽이기 위해 으르렁거렸는데 이제 와 난데없이 대련을 하라니.

그것도 마스터로서 실력을 다하라니.

라미레스 후작이 무슨 꿍꿍이인 것인지 좀처럼 감이 오질 않았다.

반면 아스타로트는 시큰둥한 표정이었다.

"그러니까 세 번의 공격만 막아내라 이 말이지?"

"그렇습니다, 아스타로트 님. 다시 한 번 말씀드리지만 대결이 아니라 대련입니다. 그리고 세 번의 공격을 막아내시면 아스타로트 님의 승리입니다."

아르메스는 몇 번이고 아스타로트에게 규칙을 주지시켰다.

아스타로트가 필요 이상의 힘을 쓰게 될까 봐 걱정하는 눈치였다.

그런 둘의 대화를 지켜보던 유르스는 왠지 모를 위화감에 휩싸였다.

마치 승부가 정해진 전쟁터에 병사로 참전한 기분이었다.

하지만 정작 라미레스 후작은 그 사실을 조금도 눈치채지 못했다.

그는 자신의 앞에서 씩씩거리는 레이샤드의 모습을 즐기느라 정신이 없었다.

"황자님, 차라리 대련에 앞서서 서로 합의서를 작성하는 게 어떻겠습니까?"

라미레스 후작이 일부러 레이샤드를 자극했다. 그러자 레이샤드가 발끈하듯 고개를 끄덕였다.

"좋아요. 그렇게 하죠."

레이샤드는 다시 아르메스를 불러 합의서를 작성하라 일렀다.

아르메스는 어쩔 수 없다는 얼굴로 즉석에서 합의서를 만들었다.

그러나 급히 만든 것치고 합의서의 세부 사항들은 무척이나 꼼꼼했다.

합의서를 확인한 라미레스 후작이 절로 혀를 내두를 정도였다.

'저자도 제법 쓸 만한 자로군.'

라미레스 후작은 의외라는 눈으로 아르메스를 바라봤다.

세부 사항 중에는 지나치게 레이샤드에게 유리한 구절이 많았지만 라미레스 후작의 눈에는 주인을 위한 충성심으로 비춰졌다.

하지만 정작 아르메스는 라미레스 후작의 관심에 아무런 반응조차 보이지 않았다.

"후작님, 이곳에 인장을 찍어주십시오."

아르메스가 두 장의 합의서를 내밀며 말했다.

그런 아르메스를 뜨거운 눈으로 바라보던 라미레스 후작이 이내 웃으며 오른손 약지에 끼고 있던 인장을 찍었다.

뒤이어 레이샤드도 아베론의 영주를 상징하는 인장을 찍었다.

라미레스 후작가의 상징 위쪽으로 아베론의 상징이 또렷하게 새겨졌다.

"이제 됐습니다."

아르메스는 두 장의 합의서를 각각 레이샤드와 라미레스 후작에게 전했다.

그리고 대련의 주관자로서 다시 아스타로트와 유르스 앞에 섰다.

"이제 시작인가?"

아스타로트가 기다리기 지친다는 듯 중얼거렸다.

"그렇습니다, 아스타로트 님."

아르메스가 가볍게 웃음을 보였다. 그리고는 의사를 묻듯 유르스에게 시선을 옮겼다.

"난…… 준비되었소."

유르스가 크게 숨을 들이키며 말했다.

어떤 결과가 나올지 예상하긴 어려웠지만 대결이 아닌 대련인만큼 마음의 부담이 적잖게 줄어든 상태였다.

"그럼 시작하겠습니다."

아르메스가 나직한 목소리로 대련의 시작을 알렸다.

그 소리가 바람을 타고 라미레스 후작의 귓가에 또렷하게 울렸다.

후아아앙!

유르스는 기다렸다는 듯이 오러 블레이드를 끌어냈다.

순간 강렬한 마나가 단숨에 은백색 검을 집어 삼켰다.

"하압!"

유르스는 곧장 아스타로트에게 달려들었다.

이미 마나 소비가 심한 상황에서 더는 여유를 부릴 수가 없었다.

파아앗!

대기를 집어삼킨 오러 블레이드가 단숨에 아스타로트의 가슴 앞으로 날아들었다.

그 순간, 아스타로트가 눈을 번쩍 빛냈다. 그리고는 기다렸다는 듯이 가볍게 검을 쳐올렸다.

허공을 가른 아스타로트의 검이 겁도 없이 오러 블레이드의 중심부를 향해 돌진했다.

다른 검이었다면 오러 블레이드의 강렬함을 감당하지 못하고 산산조각이 났을 것이다.

그러나 아스타로트의 검은 마계에서도 극히 드물다는 최상급의 아만티움으로 만들어진 디스트로이.

고작 인간이 만들어낸 오러 블레이드로는 디스트로이에 생채기조차 낼 수 없었다.

까각!

매섭게 충돌한 두 검이 요란하게 울부짖었다.

하지만 터져 나온 충돌음은 일반적인 오러의 충돌음과는 사뭇 달랐다.

마치 검과 검이 부딪쳤을 때에나 들릴 법한 소리였다.

오러 블레이드의 강렬한 마나 파장을 꿰뚫은 디스트로이가 그대로 유르스의 검과 부딪친 것이다.

그와 동시에 유르스의 검에 쩍 하고 금이 가버렸다.

마스터인 유르스를 위해 라미레스 후작이 거금을 들여 구입한 명검이었지만 아만티움의 강도를 당해내지는 못했다.

하지만 유르스는 그 사실을 미처 자각하지 못했다.

충돌 직전 아스타로트의 몸에서 뿜어져 나온 강렬한 기운에 집어삼켜진 것이다.

기세를 뿜어내어 상대를 제압하는 건 마스터에게도 불가능한 일이었다.

그것은 마에스트로라는, 극소수의 마스터들만이 발을 들일 수 있다는 고차원의 경지였다.

마에스트로는 도구를 통하지 않고도 체내의 마나를 마법사처럼 유형화시킬 수 있는 마나 지배 능력을 가진다.

그리고 그 유형화된 마나를 바탕으로 절대적인 전투 공간을 만들어내어 상대를 압박한다.

마나 지배 능력과 마에스트로의 영역, 이 두 가지는 마스터가 평생을 바라고 수련하는 궁극의 기술이었다.

그것이 눈앞에서 펼쳐졌으니 유르스가 경악하는 것도 무리는 아니었다.

게다가 실제 아스타로트가 선보인 마나 지배 능력은 마에스트로의 범주에 두고 평가하기 어려운 것이었다.

마에스트로의 주 무기인 마에스트로의 영역은 신화 시절 천족과 마족들이 펼치던 전투 기술을 모방한 것이다.

지금 아스타로트가 선보이는 기술이야말로 마에스트로의 영역의 원류인 것이다.

"절망의 구⋯⋯."

아스타로트의 주변으로 뻗어 나온 무형의 기운을 본 아르메스가 나직이 중얼거렸다.

비록 그 위력이 실제에 비해 터무니없이 약해졌다 할지라도 저것은 아스타로트의 장기 중의 하나인 절망의 구가 틀림없었다.

절망의 구 안에 사로잡힌 적은 아스타로트의 기운에서 벗어나기 위해 몸부림치다가 기력이 다해 무너지고 만다.

절망의 구를 벗어날 수 있는 방법은 단 한 가지.

아스타로트를 뛰어넘는 마력을 폭발시키는 것뿐이었다.

하지만 하급 마신에 버금가는 마력을 지닌 아스타로트를 상대할 만한 마족은 마계에서도 손에 꼽을 정도였다.

하물며 일개 마스터에 불과한 유르스가 감당할 수 있는 수준이 아니었다.

"으으……."

절망의 구가 펼쳐진 순간부터 유르스는 반쯤 정신을 놓은 상태였다.

일반 검사들에게 있어 마스터가 목표이자 벽이듯, 마스터에게는 마에스트로라는 존재가 그러했다.

마스터를 뛰어넘고 마에스트로가 되겠다는 일념만으로 검을 휘둘렀다.

그래도 평생 마에스트로의 그림자조차 보지 못한 마스터들이 대부분이었다.

그런데 눈앞에서 그토록 염원하던 마에스트로의 강대한 힘이 펼쳐지고 있었다.

그리고 그 위력은 상상했던 것보다 몇십 배는 강해 보였다.

그 엄청난 광경 앞에서 평정심을 유지할 수 있는 기사는 아무도 없을 터였다.

"ㅇㅇㅇㅇ……."

쩍 벌어진 유르스의 입가를 타고 절로 신음이 흘러 나왔다.

그런 유르스를 농락하듯 아스타로트가 가볍게 마력을 움직였다.

후아아앗!

뻗어 나간 마력이 순식간에 유르스의 온몸을 휘감았다.

그러자 유르스가 꼭두각시처럼 허공에 떠오르더니 오러 블레이드를 휘두르기 시작했다.

후웅! 후웅!

정확하게 두 번 더, 유르스가 만들어 낸 오러 블레이드가 허공을 갈랐다.

그와 동시에 아스타로트가 펼쳤던 절망의 구가 거짓말처럼 사라져 버렸다.

"크윽!"

진이 빠진 유르스가 아스타로트의 앞으로 고꾸라졌다.

"마, 말도 안 돼!"

자연스럽게 라미레스 후작의 입에서 비명이 터져 나왔다.

2

라미레스 후작은 터져 나오는 경악을 감추지 못했다.

마스터인 유르스가 지다니.

그것도 오러 블레이드까지 끌어낸 상태에서 무너지다니.

두 눈으로 보고서도 도저히 믿겨지지가 않았다.

하지만 눈앞에 펼쳐진 정황은 너무나 명백했다.

허무하게 무릎을 꿇은 유르스.

그를 무심하게 내려다보는 아스타로트.

조각조각 부서져 버린 유르스의 검.

이 상황에서 결과를 부정한다는 건 쉽지 않은 일이었다.

'이래서는 안 돼!'

라미레스 후작은 다급히 레이샤드를 찾았다.

비록 대결은 예상과 다르게 끝이 났지만 어떻게든 이 상황을 수습해 볼 생각이었다.

그러나 아무리 둘러봐도 레이샤드의 모습은 보이질 않았다.

"화, 황자님께서는 어디 계시는가?"

라미레스 후작이 당혹스러운 눈으로 아르메스를 바라봤다.

그러자 아르메스가 가볍게 웃으며 대답했다.

"황자님께서는 조금 전에 안쪽으로 들어가셨습니다. 본래 심약하신 분이시라 기사들의 대련 같은 건 잘 보지 못하시거든요."

"……!"

"아울러 이후에 벌어질 모든 일은 전부 제게 일임하고 가셨습니다. 따라서 황자님을 대신해 이번 일을 마무리 지을까 하는데 어떻게 생각하십니까?"

갑작스런 아르메스의 반문에 라미레스 후작은 할 말을 잃었다.

설마하니 레이샤드가 이런 식으로 나올 줄은 생각지도 못한 얼굴이었다.

그렇다고 해서 무작정 레이샤드를 찾아가 매달릴 수도 없는 노릇이었다.

아르메스의 말대로 레이샤드가 기사들의 대련조차 제대로 지켜볼 수 없을 만큼 심약한 성격이라면?

이 같은 대결을 강요한 것 자체가 큰 실례를 저지른 것이나 마찬가지였다.

"일을…… 마무리 짓자니? 어떻게 말인가?"

라미레스 후작이 애써 웃음을 보였다.

그는 어떻게든 이 상황을 원만하게 해결하고 싶었다.

하지만 아르메스는 라미레스 후작의 뜻대로 넘어가 줄 생각이 조금도 없었다.

"간단합니다. 합의서의 내용에 따라 지금 이 순간부터 라미레스 후작가의 기사 유르스는 레이샤드 님의 소유임을 알려드립니다."

아르메스가 단호한 목소리로 말했다.

라미레스 후작이 뭐라 반박하려 했지만 합의서를 내미는 아르메스 앞에서는 꿀 먹은 벙어리가 될 수밖에 없었다.

그러나 라미레스 후작은 아직 유르스를 포기하지 않았다.

비록 욕심이 지나쳐 합의서까지 작성하긴 했지만 기사는 거래의 도구가 아니다.

자유 기사라면 또 모를까 어느 가문에 소속된 기사들의 경우 대부분 주인에 대한 맹목적인 충성심을 갖게 마련이었다.

만일 유르스가 목숨을 걸고 버텨 준다면 다시 협상을 할 여지가 생길 수 있었다.

물론 최악의 경우 레이샤드가 유르스의 목을 베려 할 수도 있겠지만 그때는 어떻게든 나서서 막아 볼 생각이었다.

"유르스가 이 조건을 받아들인다면…… 따르겠네."

라미레스 후작이 공을 유르스에게 넘겼다.

"알겠습니다. 그럼 잠시만 기다려 주십시오."

아르메스는 곧장 유르스에게 다가가 이 사실을 전했다.

그러자 유르스가 허탈한 듯 어깨를 축 늘어뜨렸다.

계산적이고 내기를 좋아하는 라미레스 후작의 성격상 언제고 한 번은 자신을 이용해 이 같은 일을 저지를지 모른다는 생각은 오래전부터 해왔었다.

하지만 그것이 하필 이런 순간에 찾아올 줄은 미처 예상치 못한 얼굴이었다.

마스터의 자존심을 내세운다면 자신의 동의 없이 벌어진 이 같은 협의에 대해 강하게 반발해야 옳았다.

일개 기사도 아닌 마스터가 고작 협의서 한 장에 의해 다른 가문으로 팔려간다는 건 애당초 말이 되지 않는 이야기였다.

하지만 절망의 구를 맛본 탓일까.

유르스의 자존심은 산산이 부서진 상태였다.

게다가 차원이 다른 아스타로트의 강함은 그에게 묘한 기대감을 갖게 만들었다.

혹시 이자를 따라간다면 보다 높은 검술을 맛볼 수 있지 않을까.

혹시 이자라면 자신을 더욱 강하게 만들어줄 수 있지 않을까.

갈망으로 차오른 유르스의 시선이 아스타로트에게 향했다.

그런 유르스의 속내를 읽은 것일까.

"귀찮군."

아스타로트가 묘한 말을 중얼거렸다.

그 말을 들은 아르메스가 슬쩍 입가를 비틀었다.

그리고는 뭔가 확답을 바라는 유르스를 향해 나직한 목소리로 말했다.

"아시다시피 아베론 영지는 대륙 북부의 궁색한 영지입니다. 영지의 규모 자체도 크지 않을 뿐만 아니라 영지를 지키는 기사도 없는 실정입니다. 하지만 유르스 님께서 레이샤드 님을 섬겨 주신다면 유르스 님이 지금보다 강해지실 수 있도록 충분한 도움을 드리겠습니다. 그 점은 제가 아스타로트 님을 대신해 약속드릴 수 있습니다."

아르메스의 말에 유르스의 눈이 번쩍 뜨였다.

이 세상에 그 누구도 마스터의 경지에 이른 기사를 더욱 강하게 만들어줄 수 있다고 확답할 수는 없었다.

하지만 아스타로트라면 이야기는 달라진다.

마에스트로의 경지를 뛰어넘는 그의 소름 끼치는 강함이라면 자신을 한 단계 더 진보하게 만들어줄 것 같았다.

"가겠소."

유르스가 힘껏 고개를 끄덕였다.

이미 레이샤드와 라미레스 후작 간에 합의가 끝난 상황이다.

자존심을 세워 봐야 나아질 건 아무것도 없었다.

그러면서도 유르스는 아스타로트에게서 눈을 떼지 못했다.

마치 아스타로트를 좇으려는 자신에게 뭐라도 한마디 해주길 바라는 눈치였다.

"그 선택, 후회하게 해주마."

살짝 미간을 찌푸리던 아스타로트가 싸늘하게 중얼거렸다.

그러자 유르스가 마치 어린아이처럼 환한 웃음을 터뜨렸다.

"서, 설마……!"

먼발치에서 그 모습을 지켜보던 라미레스 후작은 왠지 모를 불안감에 휩싸였다.

그로부터 잠시 후, 되돌아 온 아르메스가 건넨 말에 라미레스 후작은 그대로 주저앉고 말았다.

제40장

제국 북동부 Part 5

레이샤드를 대신한 아르메스와 라미레스 후작의 협상은 빠르게 진행되었다.

유르스라는 엄청난 재산을 잃어버린 라미레스 후작은 어떻게든 유리한 조건을 끌어내려 애썼다.

마스터의 가치는 일반적인 상식으로는 따질 수 없는 법이었다.

여느 왕국에 가더라도 백작위 정도는 받아낼 수 있을 정도였다.

상대적으로 마스터가 많은 제국에서도 최소 자작위는 보

장받을 수 있었다.

하지만 아르메스는 협상에서 유르스를 아예 배제해 버렸다.

유르스가 아베론 영지의 기사가 된 것은 어디까지나 협상 전 유홍으로 벌인 대련의 결과에 따른 것이다.

그것을 굳이 본 협상에 포함시킬 이유가 없었다.

게다가 라미레스 후작은 이 점에 대해 아무런 이의도 제기할 수가 없었다.

아르메스가 포함시킨 수많은 독소 조항도 문제였지만 애당초 대련을 제안한 것도, 협의서를 요구한 것도 라미레스 후작이었기 때문이다.

"그래서…… 원하는 게 무엇이오."

결국 끝없는 평행선에 지쳐 버린 라미레스 후작이 먼저 항복을 선언했다.

유르스라는 기사가 자신의 등 뒤에 서 있었다면 또 모르겠지만 믿었던 마지막 카드를 잃어버린 그로서는 더 이상 버틸 기력이 없었다.

라미레스 후작은 속으로 아르메스가 막대한 양의 보상금을 요구할 것이라 여겼다.

하지만 정작 아르메스가 요구한 것은 돈이 아니라 사람이었다.

"아베론 영지는 규모에 비해 인구수가 너무나 적습니다. 따라서 라미레스 후작가에서 불필요한 영지민들을 제공해 주었으면 좋겠습니다."

"영지민이라……."

라미레스 후작이 살짝 이맛살을 찌푸렸다. 영지민은 솔직히 계산 밖의 요구였다.

라미레스 후작가처럼 풍요로우면서도 전쟁의 위험성이 높지 않은 영지의 경우에는 잉여 노동력의 비율이 높은 편이다.

환경이 안정적일수록 평민들의 출산율이 높아지는 건 대륙의 모든 영지의 공통적인 현상이었다.

라미레스 후작이 아르만 공작가에 욕심을 내는 이유 중에도 지나치게 늘어나는 인구수에 대한 부담이 포함되어 있었다.

영지 생산력에 비해 부족한 인구수도 문제였지만 영지 생산력을 뛰어넘는 잉여 인구수도 적잖은 골칫거리였다.

개발 단계의 영지와는 달리 라미레스 후작령처럼 이미 자리를 잡은 영지는 인구수가 늘어난다고 해서 무작정 생산력을 늘릴 수가 없었다.

이 세상의 영주들 중에 자신의 영지가 10년 안에 망하거나 사라질 것이라 생각하는 이는 아무도 없었다.

대부분이 수백 년, 수천 년의 존속을 바랄 터.

그러다 보니 앞날을 위해 적정 생산력을 유지하는 경우가 일반적이었다.

영지의 생산력을 극대화시키기 위해서 가장 필요한 건 역시나 노동력이었다.

그러나 그 노동력이 지나치면 독이 될 수밖에 없었다.

영지의 생산력에 활용되지 못하는 노동력은 말 그대로 잉여 인구에 지나지 않았다.

물론 적정 수준의 잉여 인구는 영지의 활성화에 도움을 준다.

잠재적인 경쟁 노동력이 존재해야 기존 노동력도 긴장하고 노력할 수 있었다.

하지만 적정 수준을 초과한 잉여 인구는 확실히 영지에 악영향을 끼친다.

1차적으로 그들을 부양하는 건 영지민들이지만 궁극적으로 그 폐해는 영지로 되돌아오기 때문이다.

그렇다고 해서 잉여 영지민들이 무조건 쓸모가 없는 것은 아니다.

어디까지나 상대성에 따른 것이다.

노동력이 부족한 영지에 잉여 영지민들은 실로 엄청난 가치를 지닐 수밖에 없었다.

만일 아베론 영지가 라미레스 후작가의 지척에 있는 영지였다면, 그리고 라미레스 후작가와 척을 지고 있는 영지였다면 라미레스 후작은 결코 이 조건을 받아들이지 않았을 것이다.

당장은 모르겠지만 장기적으로 봤을 때 그 선택이 부메랑이 되어 날아올 게 분명하기 때문이다.

그러나 다행히도 아베론 영지는 라미레스 후작가와 인접한 영지가 아니다.

대륙 북부에 떨어져 있는 옹색한 영지에 지나지 않았다.

설사 라미레스 후작가의 잉여 노동력을 통해 영지의 성장을 이룬다 한들 그 여파가 라미레스 후작가에 미칠 가능성은 없다시피 했다.

그런 점에서 놓고 봤을 때 막대한 양의 배상금을 무는 것보다 잉여 영지민을 아베론 영지로 보내는 편이 훨씬 나은 선택이었다.

하지만 그렇다고 해서 무작정 아르메스의 요구대로 끌려다닐 수는 없는 노릇이었다.

"조금 더 구체적으로 말해보시오."

라미레스 후작이 슬쩍 관심을 보였다. 그러자 아르메스가 가볍게 웃으며 말을 이었다.

"아베론 영지에서 필요한 영지민의 수는 대략 5천 명 정도입니다."

"5천 명이라……."

라미레스 후작이 나직이 중얼거렸다.

예상한 것에 비하면 5천이란 수는 참 애매하게 느껴졌다.

물론 규모가 작은 영지에 5천이란 인구수는 상당할지 몰랐다.

하지만 현재 라미레스 후작령의 인구는 45만에 달한다.

제국 학회에서 발표한 후작령의 평균적인 인구수인 40만에 비해 무려 5만이나 많은 수였다.

라미레스 후작가에서 조사한 적정 인구수는 대략 38만 수준이다.

무리하면 40만까지는 포용할 수 있지만 그 이상은 솔직히 잉여 인구에 불과했다.

그래서 라미레스 후작은 내심 2만에서 3만까지도 양보할 생각을 가지고 있었다.

냉정하게 말해 5만의 잉여 인구수는 영지에 별달리 도움이 안 되는 이들이다.

게다가 라미레스 후작가의 인구 성장을 감안한다면 그들의 빈자리는 적어도 10년 안에 채워질 터였다.

만약 아르메스가 기대 이상의 인구수를 요구를 했다면, 라미레스 후작은 그것을 빌미로 유르스의 반환을 요청할 생각도 가지고 있었다.

유르스를 다시 되찾아올 수 있다면 솔직히 휘하의 기사단을 하나 내줘도 아깝지가 않았다.

그러나 정작 아르메스는 욕심을 부리지 않았다.

굳이 라미레스 후작가가 아니더라도 인구를 보충할 수 있는 대안은 얼마든지 있기 때문이었다.

"순수하게 원하는 노동력이 5천이란 말이오?"

라미레스 후작이 다시 물었다.

만일 아르메스가 요구한 게 성인 남성을 의미하는 것이라면 자연스럽게 인구수는 5배 이상으로 늘어날 수밖에 없었다.

그러자 아르메스가 가볍게 고개를 흔들었다.

"아닙니다. 아베론 영지의 성장력을 감안했을 때 필요한 인구수는 대략 1천 명 정도입니다. 그래서 그들의 가족까지 감안한 5천 명을 말씀드린 것입니다."

"흠……."

라미레스 후작이 이내 쓴웃음을 지었다.

하기야 아베론 영지와 같은 궁색한 곳에서 5천 명이나 되는 노동력이 필요할 리가 없었다.

솔직히 1천 명의 추가 노동력이 생기더라도 그들을 전부 활용할 수 있을지조차 의문이었다.

"만일 영지민을 대신해 금전적으로 보상하겠다면 어떻게

하겠소?"

라미레스 후작이 혹시나 하는 마음에 물었다.

애당초 아베론 영지에서 생각하고 있는 보상의 규모가 터무니없이 작을지도 모른다는 생각이 든 것이다.

만일 그렇다면 번거롭게 영지민을 내어주는 것보다 배상금을 물어내는 편이 간단할 수 있었다.

그런 라미레스 후작의 속내를 꿰뚫어 본 것일까.

아르메스가 슬쩍 입가를 비틀었다.

"만일 금전적으로 보상하고자 하신다면 5백만 골드를 생각하고 있습니다."

"5백만 골드라니!"

"하마터면 황자님께서 목숨을 잃으실 뻔하셨습니다. 설마 황자님의 목숨이 500만 골드보다 못하다고 생각하시는 것은 아니시겠지요?"

"크윽……!"

라미레스 후작은 순간 어이가 없었다.

제아무리 황자라고는 하지만 500만 골드는 너무나 황당한 금액이었다.

라미레스 후작가의 1년 세입은 100만 골드가 넘지 않는다.

게다가 세입의 대부분을 지출하고 있기 때문에 실제 라미레스 후작가의 재정은 그리 여유로운 편이 아니었다.

무엇보다 500만 골드라는 금액은 아르메스가 요구한 영지민의 규모와 비교했을 때도 말이 되지 않는다.

일반적으로 영지민의 매매 시 고려되는 배상금은 1명 당 20골드 정도다.

그것도 순수 노동력에 대한 대가다.

가족 단위로 이주를 한다 하더라도 가족 구성원 전체에 20골드를 셈하진 않는다.

5인 기준으로 노동 인구가 1명 포함되어 있을 때에는 40골드, 2명 포함되어 있을 경우에는 50골드 수준이 대부분이다.

아르메스는 1천 명의 노동력을 원했고 그에 따라 5천 명 규모의 영지민을 요구했다.

그의 계산에 따르면 5천 명의 잉여 영지민의 가치는 4만 골드에 지나지 않았다.

그것도 라미레스 후작가에서 필요 없는 잉여 영지민임을 감안한다면 그 가치는 더 낮아질 수 있었다.

거기에 영지민들의 징집과 이주 과정에 필요한 재화들을 고려하더라도 10만 골드가 넘는 일은 없었다.

그런데 500만 골드라니.

이는 영지민이 아니면 받지 않겠다는 협박이나 다름없었다.

그러나 라미레스 후작은 감히 500만 골드라는 배상금의 규모를 깎을 생각을 하지 못했다.

그 금액은 그저 황족이라는 상징성에 매겨진 가격일 뿐이다.

괜히 그 금액을 건드렸다간 협상의 분위기만 나빠질 수 있었다.

"그럼 5천 명의 영지민을 어찌 데려갈 생각이오?"

라미레스 후작이 다시 방법을 물었다.

영지민의 매매 시에는 구매하는 영지에서 기사와 병사들을 보내어 영지민들을 데려오는 게 일반적이었다.

판매하는 영지 쪽에서는 이주를 원하는 영지민들을 차출해 구매 영지의 병력에 인수하는 게 전부였다.

만일 라미레스 후작가와 아베론 영지의 거리가 가깝다면 의례적으로 일반적인 방식이 사용되었을 것이다.

하지만 라미레스 후작가에서 아베론 영지로 가기 위해서는 몇 개의 나라를 지나쳐야 했다.

통상적인 방법을 사용했다간 영지민들이 제대로 버티지 못할 터였다.

"공간 이동 마법진을 사용할 생각입니다."

아르메스가 나직한 목소리로 대답했다.

그 대답을 예상했던 듯 라미레스 후작이 고개를 끄덕였다.

먼 거리를 이동하기 위해서는 공간 이동 마법진을 이용하는 편이 최선이었다.

문제는 옮겨야 할 인구가 5천 명이나 된다는 점이다.

"후작가의 공간 이동 마법진을 이용할 생각이오?"

라미레스 후작이 다시 물었다.

만일 라미레스 후작가의 마법진을 이용한다면 그에 따른 대가를 받아낼 생각이었다.

라미레스 후작가에서 대륙 북부로 향하는 공간 이동 마법진을 이용하기 위해서는 1명당 300골드가 필요하다.

가족 단위로 이동을 한다고 해서 금액이 조정되거나 하지는 않는다.

5천 명이 공간 이동 마법진을 이용하는 데 필요한 금액은 무려 150만 골드다.

마탑과의 계약에 의해 공간 이동 마법진의 수익 중 절반은 라미레스 후작가의 몫이니 잉여 인구 5천 명을 버리는 조건으로 무려 75만 골드를 벌어들일 수 있었다.

라미레스 후작은 거기서 생각을 멈추지 않았다.

150만 골드라면 라미레스 후작가조차 부담스러운 금액이었다.

하물며 아베론 영지가 감당할 수 있을 것 같지 않았다.

만일 아르메스가 라미레스 후작가의 공간 이동 마법진을 이용하겠다고 한다면 그 대가로 넌지시 유르스를 거론해 볼 생각이었다.

유르스를 되찾는 대가로 150만 골드라면 그리 나쁜 거래는
아니었다.

그러나 아르메스는 이번에도 라미레스 후작의 속내를 꿰
뚫어보고 있었다.

"허락하신다면 따로 공간 이동 마법진을 이용할 생각입니
다."

"따로…… 공간 이동 마법진을 말이오?"

"네, 아시다시피 아베론 영지는 빛의 마탑과 각별한 관계
를 유지하고 있습니다. 영주님께서 요청한다면 빛의 마탑에
서 도움을 줄 것이라 생각합니다."

"크음……."

라미레스 후작은 이번에도 쓴웃음을 지어 보였다.

자신이 예상했던 답을 매번 교묘하게 피해가는 아르메스
가 내심 얄밉기까지 했다.

아르메스의 말대로 빛의 마탑에서 아베론 영지를 돕는다
면 라미레스 후작으로서도 어쩔 방법이 없었다.

빛의 마탑과 황실의 관계는 라미레스 후작도 잘 알고 있었
다.

자신이 레이샤드라 할지라도 황실을 통해 빛의 마탑을 끌
어들이려 했을 것이다.

유일하게 제동을 걸 수 있는 건 라미레스 후작령 내에 공간 이동 마법진의 설치를 금지하는 것이다.

하지만 그것도 크게 실효성이 없었다.

아베론 영지에서 라미레스 후작가 인근 영지에 공간 이동 마법진을 설치한다면 오히려 라미레스 후작만 졸렬한 위인으로 낙인찍히고 말 것이다.

"그럴 게 아니라 차라리 라미레스 후작령의 공간 이동 마법진을 이용하는 게 어떻겠소? 내 그 대가는 받지 않으리다. 대신 유르스에 대한 소유권을 돌려주시오. 이렇게 부탁드리오."

라미레스 후작이 마지막으로 자존심을 굽혀가며 말했다.

지금에 와서 그가 내던질 수 있는 카드는 이것밖에 없었다.

하지만 애석하게도 아르메스는 유르스를 되돌려 줄 마음이 눈곱만큼도 없었다.

"죄송하지만 그 말씀은 들어드리기 어려울 것 같습니다. 그러니 영지민의 인도에 대해 마저 말씀하시지요."

아르메스가 냉정하게 선을 그었다.

"크윽!"

라미레스 후작이 마지못해 입술을 질근 깨물었다.

2

5천 명의 영지민을 받는 조건으로 아르메스는 라미레스 후작과의 협상을 끝마쳤다.

영지민의 인도 기간은 1개월 이내.

영지민의 인도가 마무리될 때까지 라미레스 후작의 황실 소환령은 유보하기로 약속했다.

아르메스는 자리를 옮겨 레이샤드에게 이 같은 협상 사실을 전했다.

"정말 고생 많았어요. 아르메스."

레이샤드가 만족스러운 얼굴로 고개를 끄덕였다.

그러자 엘리자베스가 웃으며 레이샤드를 바라봤다.

"레이가 더 고생했지요."

엘리자베스가 레이샤드에게 부탁한 주문은 결코 쉽지 않은 것이었다.

비록 나이가 어리긴 하지만 레이샤드는 하루가 다르게 성장하고 있었다.

그런 레이샤드에게 어린아이처럼 치기 어리게 행동하는 건 자칫 굴욕으로 받아들여질 수도 있는 문제였다.

하지만 레이샤드는 영지를 위해 잠깐의 창피함을 참아냈다. 그리고 그 결과 라미레스 후작이라는 대어를 낚을 수 있었다.

레이샤드 덕분에 아베론 영지는 장차 영지의 기사들을 이끌어 나갈 마스터를 얻게 됐다.

또한 5천 명이라는 인구를 늘릴 수 있었다.

"내가 뭘요."

레이샤드가 멋쩍은 듯 뒷머리를 긁적거렸다.

그런 레이샤드의 모습이 귀엽게 보였던지 엘리자베스가 다시 환하게 웃음을 흘렸다.

"그런데 유르스 경은 지금 무엇을 하고 있나요?"

레이샤드가 슬쩍 화제를 돌렸다.

협상이 마무리된 만큼 이제 유르스에 대한 소유권을 확실히 할 차례였다.

"유르스 경이라면 지금 아스타로트 님과 함께 있습니다."

"아스타로트와요?"

"네, 아스타로트 님의 곁에서 떨어질 생각을 하지 않고 있습니다."

아르메스가 장난스런 목소리로 말했다.

아스타로트를 이용해 유르스의 마음을 돌려놓긴 했지만 설마하니 이 정도로 맹목적일 줄은 미처 예상하지 못한 반응이었다.

"하긴. 아스타로트는 대단한 기사니까요."

레이샤드가 이해한다는 듯 고개를 끄덕였다.

하지만 그의 눈빛 너머에는 묘한 서운함이 자리 잡고 있었다.

현재 레이샤드와 아스타로트의 관계는 명확하지 않았다.

대외적으로 아스타로트는 엘리자베스의 호위 기사로 알려져 있었다.

그러나 실제 아스타로트가 하는 일은 시험의 궁을 통해 레이샤드와 대련을 하는 것이었다.

그렇다고 아스타로트가 레이샤드의 정식적인 검술 스승인 것은 아니었다.

물론 레이샤드는 당장에라도 아스타로트를 검술 스승으로 맞고 싶었다.

하지만 그러기에는 현실적으로 걸리는 부분이 너무 많았다.

아베론 영지에서 브론즈 남작가의 신뢰는 상당한 편이었다.

관리들 중에 누구 하나 브론즈 남작가를 싫어하는 이는 없었다.

오히려 먼발치에서라도 보면 먼저 달려가서 인사를 나눌 정도였다.

하지만 그 신뢰의 상당 부분은 어디까지나 포션을 개발해 영지에 막대한 이익을 남겨 준 라인하르트에 대한 것이었다.

엘리자베스조차도 라인하르트라는 대단한 마법사를 곁에 둔 젊은 영애 정도로 인식되고 있었다.

그 외도 아르메스나 가르시아, 골드마크는 자신이 맡은 일을 충실히 해나가며 조금씩 신뢰를 쌓아가고 있었다.

라인하르트 정도까지는 아니지만 이대로 시간이 지나면 아베론 영지 안에서 그들의 입지도 상당히 단단해질 터였다.

그러나 애석하게도 아스타로트는 예외였다.

관리들이 보기에 아스타로트가 하는 일이라고는 하루 종일 엘리자베스의 꽁무니를 쫓아다니는 게 전부였다.

물론 관리들 중에 아스타로트의 실력이 형편없다고 생각하는 이들은 아무도 없었다.

라인하르트라는 대단한 마법사를 옆에 둔 엘리자베스가 실력이 부족한 기사를 데리고 다닐 리 없기 때문이다.

하지만 실력을 떠나 실제 아스타로트의 인성이 어떤지에 대해서는 그 누구도 정확하게 알지 못했다.

다른 이도 아닌 영주이자 제국의 황자의 검술 스승이다.

그런 레이샤드를 공식적으로 가르치기 위해서는 실력만큼이나 바른 인성을 가지고 있어야 했다.

하지만 백번 양보하더라도 차가운 표정으로 일관하는 아스타로트의 인성은 선해 보이지 않았다.

아니, 마족에게 인성을 운운한다는 것 자체가 솔직히 잘못

된 일이었다.

이런 상황에서 아스타로트를 무리하게 검술 스승으로 맞이하려 한다면?

관리들은 다시 우려의 목소리를 내기 시작할 것이다.

그렇다고 아스타로트에게 인간처럼 굴어 달라고 부탁할 수도 없는 노릇이었다.

자존심 높은 마족에게 인간이 되라는 것은 그 어떤 말보다 굴욕적인 요구였다.

게다가 검술 스승을 하기에 아스타로트의 검술은 지나치게 강했다.

검술의 경지가 높다고 해서 무조건 좋은 검술 스승이 되는 것은 아니다.

검술이 형편없어도 안 되겠지만 가급적이면 적당한 실력과 경험을 갖춘 스승이 실력만 높은 스승보다 나았다.

그런 점에서 아스타로트는 검술 스승 노릇을 하기에 부적합했다.

만일 시험의 궁 안에서의 대련을 관리들 중 누구라도 본다면 당장에라도 아스타로트를 떼놓으려 할 게 뻔했다.

그래서 레이샤드는 현실 세계에 머무를 때 아스타로트와 일부러 거리를 두었다.

그동안 하루가 멀다 하고 몇 시간씩 대련을 하면서 정이 들였지만 그런 내색을 하지 않으려고 애썼다.

그것은 아스타로트도 마찬가지.

특유의 싸늘한 표정이야 시험의 궁에서도 달라지지 않았지만 평소에는 레이샤드와 말 한마디 섞으려 들지 않았다.

오죽했으면 관리들 사이에서 아스타로트가 레이샤드를 무시하고 있다는 불평들이 흘러나올 정도였다.

그러나 레이샤드는 그런 말들을 크게 신경 쓰지 않았다.

어차피 시험의 궁에서 아스타로트를 독차지하는 것은 자신이었다.

관리들이 그 사실을 몰라준다고 해서 서운해할 이유가 없었다.

그런데 뜻하지도 않은 경쟁자가 생겨 버렸다.

그러다 보니 레이샤드는 자신도 모르게 신경이 쓰였다.

그런 레이샤드의 속내를 읽은 것일까?

"걱정하지 말아요, 레이. 아스타로트가 유르스에게 검술을 가르치는 일은 없을 테니까요."

엘리자베스가 가볍게 웃으며 말했다.

아스타로트가 레이샤드에게 검술을 가르치는 것은 어디까지나 엘리자베스의 명령 때문이었다.

엘리자베스는 시험의 궁을 통해 레이샤드의 선택을 받았다.

시험의 궁의 선택을 받은 마신은 본래 선택자에게 마신의 축복을 부여한다.

그러나 엘리자베스는 크라우스가 애지중지하는 딸이지만 마신의 반열에 오르지 못했다.

그러다 보니 열두 마신처럼 마신의 축복을 통해 레이샤드의 인생 자체를 바꿔놓을 수가 없었다.

그래서 엘리자베스는 레이샤드를 직접 돕기로 마음먹었다.

그리고 그런 엘리자베스의 의지를 아스타로트를 비롯한 수행 마족들이 대신하고 있는 것이다.

"나는 괜찮아요."

속내를 들켰다고 생각했던지 레이샤드가 어색하게 웃으며 말했다.

한 편의 연극을 통해 유르스는 이제 아베론 영지의 기사가 되었다.

영주로서 영지에 속한 기사가 강해지길 원하는 건 당연한 일이었다.

하지만 엘리자베스는 가볍게 고개를 흔들었다.

레이샤드가 허락한다 하더라도 유르스는 아스타로트에게 검술을 배울 수가 없다.

유르스가 아니라 그 누구라 해도 마찬가지였다.

"내 말을 잘못 이해했어요, 레이. 아스타로트에게 검술을 배울 수 있는 것은 오직 레이뿐이에요."

"어째서요?"

"우리는 시험의 궁에서 왔어요. 그리고 우리의 도움을 받을 수 있는 것은 오직 레이뿐이에요."

"아……."

"아스타로트가 유르스를 다치지 않게 굴복시킨 것도 그런 이유 때문이에요. 아베론 영지에는 아스타로트를 대신할 기사 단장이 필요하니까요. 그러니까 너무 신경 쓰지 마세요. 아스타로트의 옆을 쫓아다니며 유르스가 뭔가를 배운다면 그건 분명 좋은 일이니까요."

엘리자베스가 가볍게 웃었다.

그 모습이 조금 짓궂어 보였지만 레이샤드는 자신도 모르게 마음이 놓였다.

아스타로트처럼 대단한 기사에게서 무언가를 얻는다는 것은 말처럼 간단한 일이 아니다.

물론 아스타로트를 가까이서 지켜보는 것만으로도 충분한 자극이 되겠지만 그렇다고 해서 직접 검을 부딪치는 일은 많지 않을 것이다.

반면 레이샤드는 지금이라도 당장 시험의 궁에 들어가 아스타로트와 대련을 펼칠 수 있다.

그리고 그 특권은 오로지 레이샤드만 누릴 수 있는 것이었다.

"내 생각이 짧았어요."

레이샤드가 멋쩍게 뒷머리를 긁적였다.

아스타로트를 두고 잠시 질투심이 생겼다니.

넓은 마음으로 포용해야 할 영주로서 자격 미달이었다.

그러나 정작 엘리자베스는 그런 레이샤드의 마음을 충분히 이해하고 있었다.

"그런 마음. 당연한 거예요. 나도 내가 좋아하는 누군가가 내가 아닌 다른 사람을 좋아한다면 화가 날 테니까요."

"좋아하는…… 누군가요?"

"말이 그렇다는 거예요. 그런데 레이. 유르스에게 충성 맹세를 받아야 하지 않을까요?"

엘리자베스가 냉큼 화제를 돌렸다.

계약에 따라 유르스가 아베론 영지의 소유가 되긴 했지만 그렇다고 해서 아베론 영지의 기사로 인정받은 것은 아니었다.

가문에 새로운 기사를 들일 수 있는 것은 오로지 영주에게만 허락된 권리였다.

유르스가 아베론 영지의 소속이 되었다 하더라도 레이샤드가 허락하지 않으면 가문의 기사로서 활약할 수 없었다.

"충성 맹세라……."

레이샤드가 말끝을 흐렸다.

지금까지 아베론 영지에 기사가 없었던 탓에 충성 서약을 경험해 본 적이 없었다.

그러자 엘리자베스가 걱정할 것 없다는 표정을 지었다.

"다른 것은 신경 쓸 필요 없어요. 레이는 그저 영주로서 유르스를 편히 맞이하기만 하면 되요."

충성 서약에서 긴장해야 하는 쪽은 영주가 아닌 기사였다.

유르스가 흔치 않은 마스터 급 기사이긴 했지만 그렇다고 해서 레이샤드가 먼저 저자세로 나설 필요는 없었다.

"조금 긴장되지만…… 한번 해볼게요."

엘리자베스의 조언에 용기를 얻은 듯 레이샤드가 크게 숨을 들이켰다.

엘리자베스의 눈짓을 받은 아르메스가 냉큼 밖으로 나갔다.

그리고 잠시 후 유르스가 천막 안으로 들어왔다.

"레이샤드 님입니다. 예를 갖추십시오."

유르스가 자리를 잡기가 무섭게 아르메스가 다그치듯 말했다.

"유르스라고 합니다. 앞으로 레이샤드 님을 주인으로 섬기겠습니다."

유르스는 한쪽 무릎을 꿇고 앉았다.

원치 않게 주인이 바뀐 상황이었지만 그의 입에서는 천연덕스럽게 충성 맹세가 흘러 나왔다.

어쩔 수 없는 일이다.

계약상 주인은 바뀌었다.

그리고 그 계약을 뒤집을 만한 힘도 능력도 이유도 없었다.

게다가 아스타로트라는 엄청난 기사의 가르침을 받기 위해서는 그의 주인인 레이샤드에게 충성을 다해야 했다.

별로 내키지 않는다 하더라도 말이다.

"그렇게 말해주니 고마워요."

레이샤드는 유르스가 먼저 허리를 굽혀 줘서 마음이 놓였다.

유르스가 다른 마음을 품으면 어떻게 하나 걱정했는데 다행히도 기우였던 모양이었다.

게다가 먼발치에서 봤을 때보다 유르스는 다부져 보였다. 체격만큼이나 강직한 외모도 마음에 쏙 들었다.

반면 유르스는 살짝 이맛살을 찌푸렸다.

생각했던 것 이상으로 레이샤드의 목소리가 앳되게 들린 탓이다.

유르스가 지금껏 섬겨 온 라미레스 후작은 제국에서도 손에 꼽힐 만큼 노회한 귀족이었다.

다른 이들이 뒤에서 너구리라 수군덕거릴 정도였고 라미레스 후작 역시 그런 세간의 평가를 즐겼다.

라미레스 후작의 자식들도 부친을 닮아 다들 일찍 철이 든 편이었다.

귀족의 삶이란 범인들은 이해하지 못할 만큼 치열한 법이다.

라미레스 후작가를 이어받기 위해서는 그만한 능력을 갖춰야 한다는 사실을 깨달을 무렵부터 라미레스 후작의 두 아들은 무섭게 성장했다.

그런 라미레스 후작의 두 아들에 비해 레이샤드는 너무나 해맑았다.

좋게 말하면 천진난만해 보였고 나쁘게 말하자면 철부지 어린애처럼 느껴졌다.

그나마 마음에 드는 구석이 있다면 눈빛이었다.

라미레스 후작과 같은 노회한 정치 귀족들에 비할 바 못되었지만 어딘지 모르게 힘있어 보이는 눈빛은 세파에 줏대 없이 휘둘리지 않을 것 같았다.

'과연 이 선택이 옳은 것인가.'

유르스는 자신도 모르게 나직이 신음을 흘렸다.

어쩔 수 없는 상황에서 나온 최선의 선택임에는 틀림없었다.

하지만 그 결과가 어찌 이어질지는 장담하기가 어려웠다.

그런 유르스의 속내가 표정을 타고 드러난 것일까.

"저에 대한 평가가 부정적인가 보네요."

레이샤드의 표정이 살짝 굳어졌다.

"아, 아닙니다, 레이샤드 님. 결코 그렇지 않습니다."

본의 아니게 속내를 들켜 버린 유르스가 화들짝 놀라 몸을 낮췄다.

아직 그는 정식으로 아베론 영지의 가신이 된 게 아니다.

레이샤드의 결정에 따라 얼마든지 처분이 바뀔 수 있는 신세였다.

만일 유르스가 어쩔 수 없이 레이샤드 앞에 온 것이라면 라미레스 후작에게 되돌아가길 바랄지도 몰랐다.

하지만 유르스는 아스타로트를 선택했고 그가 섬기는 레이샤드를 따르기로 마음먹었다.

그리고 그 결정은 이미 라미레스 후작에게 전해진 뒤였다.

이제 와 유르스가 라미레스 후작에게 되돌아간다 하더라도 예전과 같은 대우와 신뢰를 받을지는 장담하기 어려운 노릇이었다.

아니, 그럴 가능성은 없다시피 했다.

십중팔구 라미레스 후작의 정치 놀음의 희생양으로 전락하게 될 게 뻔했다.

결과적으로 지금 유르스가 할 수 있는 최선은 레이샤드에게 충성을 다하는 것뿐이었다.

표면적으로나마 레이샤드를 섬기며 아스타로트의 지도를 받아 보다 높은 경지로 나아가는 것 밖에 없었다.

"제 태도가 무례했다면 용서하십시오, 레이샤드 님"

유르스가 진심을 쥐어 짜내어 사죄했다.

가뜩이나 어리게만 느껴지는 주인이다.

이번 일을 마음에 두고 있다가 자신에 대한 부정적인 감정이 생기면 큰일이었다.

하지만 레이샤드는 유르스가 생각하는 것처럼 어리지도, 속이 좁지도 않았다.

"아니에요. 충분히 그럴 수 있어요. 제가 어린 건 사실이니까요."

레이샤드는 대수롭지 않게 유르스의 선입견을 받아들였다.

실제 얼마 전까지만 해도 아베론 영지의 가신들 역시 유르스와 비슷한 생각을 가지고 있었다.

어린 자신의 모습을 보고 실망하는 건 그가 감당해야 할 숙제 같은 것이었다.

그러다 보니 이 자리에서 유르스의 선입견을 고치고 싶은 마음은 없었다.

어차피 시간이 지나면 서로의 성격은 물론 장단점을 파악하게 될 것이다.

처음부터 큰 기대를 안겼다가 실망감을 주기보다는 조금씩 신뢰를 쌓아 나가는 편이 나을 것 같았다.

하지만 엘리자베스는 유르스의 속내가 마음에 들지 않는 모양이었다.

"실력만큼이나 보는 눈이 없어서 아직 레이의 진가를 알아보지 못하는 것 같아요. 그러니까 레이가 이해해요."

엘리자베스의 한마디에 레이샤드가 어색한 웃음을 흘렸다.

반면 유르스는 눈가를 찌푸렸다.

목소리의 주인공이 레이샤드의 옆자리에 앉아 있던 여자의 입에서 나온 것임을 알아챈 것이다.

일반적으로 영주와 한 자리에 앉을 수 있는 건 영주의 가족들뿐이다.

특히나 그 대상이 여자일 경우 영주의 총애와 신임이 깊지 않고서야 지금처럼 나란히 앉아 있을 수가 없었다.

듀크 남작(라미레스 후작의 정략관)에게 전해 듣기로 레이샤드에게는 나이 어린 여동생이 하나 있다고 했다.

하지만 그녀는 레이샤드와 나이 차이가 상당하다고 들었다.

반면 옆에 앉은 여자는 앳되긴 해도 레이샤드보다 나이가 있어 보였다.

그렇다고 레이샤드의 모친인 하르베스 폐황태자비가 저렇듯 젊지는 않을 터.

그렇다면 남은 경우는 한 가지뿐이다.

'영주의 여자인가.'

유르스의 눈매가 딱딱하게 굳어졌다.

나이 어린 영주에게 함부로 참견하고 간섭하는 미모의 젊은 여자는 독이나 마찬가지였다.

만일 유르스가 레이샤드의 기사였다면 옆에서 철저히 지키고 경계했을 것이다.

나비가 꽃을 좇는 건 어쩔 수 없는 현상이지만 적어도 여자의 미모에 현혹되어 정사가 흔들리지 않도록 충언을 아끼지 않았을 것이다.

하지만 이미 레이샤드 옆자리를 미모의 여자가 차지한 지금으로서는 그가 할 수 있는 일이 많지 않았다.

"죄송합니다."

유르스가 다시 한 번 고개를 숙였다.

마스터인 자신의 실력을 깎아 내리면서까지 질책을 한 건 굴욕적이었지만 레이샤드에 대한 예의가 부족했던 것도 부정할 수 없는 사실이었다.

그러면서도 유르스는 속으로 다짐을 했다.

언제고 자신에게 힘이 생긴다면 이 굴욕을 잊지 않겠다고 말이다.

듀크 남작의 말에 따르면 현재 아베론 영지는 기사가 없는 상태다.

기사가 없으니 기사단장 자리도 공석일 터.

그렇다면 그 자리는 자신에게 돌아올 가능성이 높았다.

기사조차 없는 영지에서 기사단장을 자처한다는 건 상당히 우스운 노릇이었다.

하지만 유르스에게는 나름의 대안이 있었다.

일반적으로 기사는 그 경지에 따라 크게 다섯 단계로 구분한다.

검술에 처음 입문해 기초적인 실력을 쌓는 이들을 가리켜 입문 기사라 부른다.

흔히들 기사라는 호칭을 떼고 입문자라 부르지만 향후 기사로서의 삶을 결정짓는 가장 중요한 시기임에는 틀림없었다.

보통 반년에서 2년 정도 걸리는 입문 기사의 시기를 지나면 그 다음에는 수련 기사가 된다.

수련 기사는 다시 두 단계로 나뉜다.

기초를 익힌 입문자가 기본 검술을 익히며 검술의 적응력과 응용력을 높이는 단계가 첫 번째이고, 그 단계를 마무리한 뒤에 실전 검술을 통해 조금 더 심오한 검술의 세계에 발을 디디는 게 두 번째이다.

재능과 여건에 따라 차이가 있지만 대략적으로 5년 내외면 수련 기사들은 마나를 느끼고 견습 기사의 단계에 들어설 수 있다.

견습 기사의 경지부터는 검술의 활용 능력보다 마나의 활용 능력을 우위에 두고 구분한다.

예를 들어 검술의 이해력과 응용력이 뛰어나 최상급의 검술을 익혔다 하더라도 마나를 다루지 못하면 결코 견습 기사로 인정받지 못한다.

반면 검술 실력이 조금 떨어지더라도 마나를 일찍 체감했다면 견습 기사로 인정받을 수 있다.

그러다 보니 마나를 체득하고 축적하는 견습 기사의 시기는 무척이나 중요했다.

견습 기사를 거쳐 그 마나를 발산해 내는 정규 기사에 이르는 건 결코 쉬운 일이 아니기 때문이었다.

마나에 둔감한 이들은 제아무리 노력하더라도 정규 기사의 자리에 오르지 못한다.

정규 기사도 견습 기사와 마찬가지로 마나의 활용 능력을 중요하게 여긴다.

마나를 느끼고 체내에 축적하더라도 그것을 몸 밖으로 꺼내지 못한다면 결코 정규 기사로 인정받을 수가 없었다.

게다가 인체란 시간이 지날수록 노화가 진행된다.

그리고 노화된 몸은 불순물이 쌓여서 마나의 흐름을 방해한다.

때문에 정규 기사로 가는 길은 나날이 좁아질 수밖에 없다.

이토록 어려운 여건을 뚫고 정규 기사가 되었다고 해도 누구나 마스터가 되는 것은 아니다.

마스터는 정규 기사들 중에서도 뛰어난 재능과 실력, 노력, 운이 따라주어야 이룰 수 있는 경지였다.

그런 마스터들을 가리켜 대기사라 부른다.

그리고 대기사들은 자신만의 기사단을 꾸릴 자격이 주어진다.

대륙에서 스스로 기사단을 만들 수 있는 건 군주와 그들로부터 권한을 위임받은 영주, 그리고 대기사들뿐이다.

그리고 그 자격은 어떤 경우에건 침해받지 않는다.

라미레스 후작가에 머무르고 있지만 유르스는 자신만의 기사단을 보유하고 있었다.

비록 그 기사단이라는 게 겉으로 드러난 조직은 아니지만 유르스가 마스터라는 사실을 알고 은밀히 따르는 이들부터 시작해 그가 재능을 인정하고 발굴해 양성한 이들까지 그 수만 무려 200여 명에 달했다.

물론 그들 중에 유르스가 아베론 영지로 데려갈 수 있는 인원은 한정적이었다.

이미 실력을 인정받아 라미레스 후작가의 일원이 된 이들은 유르스와 함께할 수 없었다.

설사 그들이 원한다 하더라도 라미레스 후작이 허락하지 않을 게 틀림없었다.

결국 유르스가 라미레스 후작가에서 데려올 수 있는 기사들은 이제 막 견습 기사에 들어선 이들까지였다.

그 수는 대략 100명 정도.

그들을 그럴듯한 기사로 양성하기까지는 몇 년이라는 시간이 걸리겠지만 그래도 아예 없는 것보다는 백번 나았다.

만일 그들과 함께 아베론 영지에 정착해 그럴듯한 기사단으로 성장시킨다면?

그리고 그들이 끝까지 자신을 따른다면?

그만큼 기사단장인 자신의 입지는 강해질 것이다.

유르스는 언제고 자신이 레이샤드의 뒤편에 서게 될 날이 오리라 믿어 의심치 않았다.

물론 아스타로트가 보여준 아득한 경지를 좇기란 요원한 일이었지만 정치적인 입장만 놓고 보자면 자신도 꿇릴 게 없다고 여겼다.

그러나 애석하게도 엘리자베스는 아베론 영지의 기사력을 유르스에게 쥐어줄 마음이 조금도 없었다.

"레이, 이럴 땐 조금 엄격한 모습을 보여야 해요. 어차피 유르스는 영지의 기사들을 맡길 후보들 중 하나에 불과하잖아요?"

엘리자베스가 보란 듯이 말을 이었다. 그 순간 유르스의 눈이 부릅떠졌다.

'내가…… 고작 후보들 중 하나일 뿐이라니? 대체 그게 무슨 말이야?'

유르스는 반사적으로 고개를 들었다.

그러다 자신도 모르는 사이 엘리자베스의 옆에 서 있는 아스타로트와 눈이 마주쳤다.

만일 이 자리에서 자신을 대신해 아베론 영지의 기사단장이 될 수 있는 건 아스타로트밖에 없었다.

하지만 마계를 주름잡던 아스타로트가 고작 아베론 영지의 기사단장에 집착할 리 없었다.

미처 답을 찾지 못한 건 레이샤드도 마찬가지였다.

처음 엘리자베스로부터 유르스의 이야기를 전해 들었을 때만 하더라도 그를 아베론 영지의 기사단장으로 삼고 싶다는 욕심이 들었다.

그리고 지금도 유르스를 기사단장으로서 대하고 있었다.

그런데 기사 단장의 후보가 또 있다니?

레이샤드의 당혹스런 얼굴이 엘리자베스에게 향했다.

하지만 엘리자베스는 짓궂게 웃기만 했다.

이미 중간계에 내려오기 전부터 준비한 일들이다.

그것을 레이샤드에게 전부 설명해 줄 수는 없는 노릇이었다.

3

라미레스 후작이 허탈하게 영지로 돌아간 다음 날.

"처음 뵙겠습니다, 황자님. 샤를이라고 합니다."

아르만 공작가에서 사람이 찾아왔다.

스스로를 샤를이라 밝힌 젊은 사내는 아르만 공작의 둘째 아들이었다.

그는 레이샤드를 맞이하기 위해 마차에 한가득 선물을 싣고 밤을 새워가며 바람 부족으로 달려왔다고 말했다.

"샤를 공자였군요. 반가워요."

레이샤드는 샤를의 열정이 고마웠다.

용건이 있으면 아랫사람을 시켜도 될 일을 굳이 자처해 수고해 줬다는 것 자체가 자신에 대한 호의로 느껴졌다.

그러자 엘리자베스가 경계 어린 목소리로 속삭였다.

"레이, 절대로 저 겉모습에 속으면 안 돼요. 알았죠?"

레이샤드는 이내 마른침을 꿀꺽 삼켰다.

겉모습에 속지 말라는 건 샤를이 다른 꿍꿍이를 가지고 접근했다는 의미나 마찬가지였다.

하지만 샤를은 그런 속내를 조금도 드러내려 하지 않았다.

일단은 레이샤드의 호감을 사려는 듯 지속적으로 친근하게 굴었다.

레이샤드는 그런 샤를이 싫지 않았다. 하지만 엘리자베스의 경고를 결코 잊지 않았다.

'겉모습에 속지 말자.'

샤를의 현란한 말솜씨에 흔들릴 때마다 레이샤드는 몇 번이고 마음을 고쳐먹었다.

샤를이 끊임없이 노력했지만 레이샤드의 옆에는 엘리자베스가 싸늘한 눈으로 그 모습을 지켜보고 있었다.

그 덕분에 아르만 공작가로 되돌아가기 전까지 레이샤드를 구워삶겠다는 샤를의 계획은 수포로 돌아가고 말았다.

4

"실은 아버님께서 초대장을 보내셨습니다."

바람 부족에 도착한 지 사흘째가 되어서야 샤를이 용건을 꺼냈다.

초대장 안에는 아르만 공작가에서 열리는 성대한 연회에 레이샤드가 참석해 주길 바란다는 바람이 적혀 있었다.

"무슨 연회인가요?"

레이샤드가 궁금한 듯 물었다. 초대장 어디에도 연회의 목적이 나와 있지 않았다.

"황자님께서 오셨다는 소식을 들은 많은 귀족이 황자님을 뵙기를 원하고 있습니다. 그래서 아버님께서 따로 자리를 마련하신 것으로 알고 있습니다."

샤를이 그럴듯한 말로 둘러댔다.

그렇다고 해서 레이샤드를 사위 삼으려 하는 아르만 공작의 속내를 전부 드러낼 수는 없는 노릇이었다.

"알겠어요. 참석할게요."

레이샤드는 별다른 생각 없이 고개를 끄덕였다.

다른 이도 아니고 아르만 공작의 요청이다.

만일 아르만 공작이 자신을 믿고 바람 부족과의 전쟁을 중단하지 않았다면 지금쯤 큰 싸움이 벌어졌을 것이다.

"그럼 함께 가시지요. 제가 모시겠습니다."

샤를이 눈을 반짝이며 말했다. 그러자 옆에 있던 엘리자베스가 자르듯 끼어들었다.

"레이, 아르만 공작가로 가기 전에 먼저 폭풍의 용병단에 들려야 한다는 거 잊지 않았죠?"

레이샤드가 아베론 영지를 벗어나 이곳까지 온 목적은 폭풍의 용병단을 얻기 위해서다.

폭풍의 용병단이 겪고 있던 난처한 문제를 해결해 준 이상 이제는 폭풍의 용병단을 손에 넣는 일만이 남았다.

"아무래도 따로 움직여야 할 것 같네요."

레이샤드가 미안하다는 얼굴로 말했다.

"그렇다면 어쩔 수 없지요."

샤를의 얼굴에 짙은 아쉬움이 번졌다.

제41장

인정받다 Part 1

1

"그동안 잘 머물다 갑니다."

레이샤드는 샤를에게서 받은 선물을 전부 라힘달에게 건네주었다.

아베론 영지의 관리들이 그 모습을 보았다면 말도 안 되는 짓을 한다며 어떻게든 뜯어 말렸겠지만 레이샤드는 자신의 결정에 대해 조금도 고민하거나 망설이지 않았다.

라힘달을 비롯한 바람 부족이 협조해 주지 않았다면 아마 이번 일은 쉽게 해결되지는 않았을 것이다.

게다가 귀족들 사이에서는 정략적으로 받은 선물을 타인

에게 주는 경우가 많으니 특별히 문제가 될 것도 없었다.

"고맙습니다."

생각보다 과한 선물을 받은 라힘달은 기쁨을 감추지 못했다. 샤를이 고르고 골라 가져온 선물은 하나같이 귀한 것들이었다.

바람 부족이 인간들과 교류를 하고 있지만 무엇 하나 쉽게 구하기 어려운 것들이었다. 물론 샤를의 선물은 대부분 인간들에게 유용한 것들이었다.

인간들보다 손도 크고 야성적이며 생활 습관과 심미안까지 다른 야수족들에게 인간들이 사용하는 귀물은 거추장스러운 물건인 경우가 대부분이었다.

그러나 라힘달은 조금도 개의치 않았다.

설사 사용하지 못할 물건들이라 하더라도 레이샤드의 선물은 그 자체만으로도 의미가 컸다.

야수족 사회에서 인간들이 애용하는 고가의 물품들은 인간 사회에서보다 훨씬 높은 가치를 지닌다.

물품 자체의 가치도 높고 구하기 어렵다는 희소성이 더해져서 인간 사회에서보다 더 큰 가치가 매겨지는 것이다.

그런 선물을 일부도 아니고 입이 쩍 벌어질 만큼 받았으니 라힘달의 부족 내 위상도 자연스럽게 높아질 수밖에 없었다.

가뜩이나 아르만 공작가와의 연이은 혼사 실패로 인해서

바람 부족 내에서도 라힘달에 대한 불만의 목소리가 작지 않은 상황이었다.

진실이 어떻든 간에 전쟁 한 번 해보지 못하고 인간의 농간에 휘둘렸다는 비난도 있었다.

부족을 이끄는 부족장으로서 감정보다 부족의 실리를 최우선으로 추구해야 하지만 그래도 야수족은 아직까지 본능에 따라 움직이는 이종족이었다.

그러다 보니 인간들에게 입은 상처가 쉽게 치유되기 어려울 것 같았다.

그런데 레이샤드가 잊지 않고 이토록 과한 선물을 안겨 주었으니 라힘달은 마음이 조금 가벼워졌다.

전후 사정을 알지 못하는 다른 야수족들의 눈에는 그 모습이 바람 부족을 향한 인간들의 사과로 비춰질 수도 있었다.

게다가 레이샤드는 평범한 귀족이 아니었다.

레오니스 제국의 황족.

어쩌면 황제가 될지도 모르는 자에게 직접 선물을 받았으니 이보다 더 큰 선물은 없었다.

부족장의 체면을 세울 정도의 양에 황족이 주는 선물이라는 의미까지 담겼으니 라힘달은 가슴 한편이 뻐근해질 만큼 기쁘고 또 기뻤다.

반면 보는 앞에서 선물을 강탈당해 버린 샤를은 치미는 불쾌함을 쉽게 감추지 못했다.

'저 귀한 것들을 야수족 따위에게 주다니······.'

마지못해 웃고는 있지만 샤를의 눈매는 딱딱하게 일그러져 있었다.

함께 따라온 수행원들이 샤를의 모습을 가려 주었으니 망정이지 만에 하나 다른 누군가가 그 모습을 보고 문제를 제기했다면 아마 선물을 주고받는 자리가 엉망이 되었을 터였다.

"참으십시오. 비록 선물을 야수족들에게 빼앗긴 꼴이 되었지만 우리에게는 나쁠 게 없습니다."

샤를을 따라온 수행원 코를란 자작이 나직이 중얼거렸다.

아르만 공작가와 바람 부족은 얼마 전가지만 해도 산맥 아래로 몰려 내려오는 오크들을 상대하기 위해 힘을 합치려 했다.

두 번이나 혼인 동맹까지 추진했고 그 과정에서 양측의 사절단들은 상대를 이해시키기 위해 적지 않은 고생을 해야 했다.

그 모든 게 하마터면 라미레스 후작의 농간으로 엉망진창이 될 뻔했지만 다행히도 레이샤드의 중재로 모든 오해는 풀렸다.

덕분에 이성보다는 본성이 앞선다는 야수족들조차 이대로 아르만 공작가와 전쟁을 벌여서는 안 된다는 사실은 어느 정도 인지하는 모습이었다.

하지만 거기까지다.

아직 아르만 공작가와 바람 부족 사이에 남아 있는 앙금은 깔끔하게 씻기지 않았다.

레이샤드가 바람 부족에 머물러 있으니 별다른 잡음이 흘러나오지 않지만 레이샤드가 다시 아베론 영지로 돌아간 다음에도 지금의 평화가 유지될 것이라고는 그 누구도 장담하지 못했다.

그래서 아르만 공작은 레이샤드에게 보내는 선물과는 별도로 바람 부족에게도 충분한 위로의 선물을 보내려고 했다.

아르만 공작가 역시 라미레스 후작가의 농간에 휘둘린 피해자였지만 대승적인 차원에서 바람 부족을 위로할 필요가 있다고 판단했다.

그러나 샤를은 아르만 공작의 뜻을 극구 만류했다.

레이샤드와 바람 부족에게 동시에 선물을 전달했다가 괜히 쓸데없는 오해가 생길수도 있다는 이유를 들며 말이다.

아르만 공작도 심사숙고 끝에 샤를의 뜻을 따라주었다.

레이샤드가 평범한 제국의 귀족이라면 모르겠지만 그는 다음 번 황제의 자리에 오를지도 모르는 황족이었다.

레이샤드의 자존심을 털끝만큼이라도 건드렸다간 훗날 감당하지 못할 화를 입게 될 수 있었다.

샤를은 이번 기회에 레이샤드의 마음을 확실히 사로잡아야 한다면서 이름 높은 감정사들을 초대해 아르만 공작가 내에서도 최고의 선물들만 골라 바람 부족으로 달려왔다.

그 선물을 레이샤드가 멋대로 야수족에게 줘버릴 줄은 꿈에도 생각하지 못한 채 말이다.

"저 선물들이 얼마짜리인지 알고나 하는 소리야!"

샤를이 입술을 질근 깨물며 말했다.

마음 같아서는 부족이 떠나가라 소리를 내지르고 싶었지만 그랬다간 바람 부족은 물론이고 레이샤드의 기분까지 상하게 할 수 있었다.

그러나 코를란 자작의 생각은 달랐다.

샤를이 고르고 고른 선물이 아깝긴 했지만 그 선물이 레이샤드를 통해 바람 부족에게 전해지면서 상황은 아르만 공작가에게 이롭게 변했다.

하나의 선물로 레이샤드는 물론이고 바람 부족까지 만족시키는 결과가 됐으니 이보다 더 좋은 일은 없었다.

"다 가문을 위한 일이라고 생각하십시오, 공자님. 레이샤드 님도 마땅히 선물할 것이 없었으니 그러셨을 겁니다."

코를란 자작이 적당한 말로 상황을 포장하려 했다.

하지만 샤를은 이 그런 변명마저도 마음에 들지 않았다.

"지금 그걸 말이라고 하는 거야?"

빠득 이를 갈던 샤를이 휙 하고 몸을 돌려 자신의 처소로 돌아갔다.

마치 자신의 뜻대로 되지 않아 심통이 난 어린아이처럼 말이다.

"하아……."

그 모습을 지켜보던 코를란 자작이 이내 고개를 흔들었다.

아르만 공작의 후계자 자리를 차지하기 위해 애쓰는 샤를의 마음을 모르지는 않지만 저렇게 속 좁게 굴어서는 결코 아르만 공작가라는 거대한 가문의 주인이 되기 어려울 것 같았다.

'아무래도 샤를 공자는 안 되겠어.'

천천히 한숨을 내쉬던 코를란 자작의 시선이 다시 레이샤드에게 향했다.

샤를보다 몇 살은 어려 보이는데도 레이샤드의 모습은 당당했다.

어지간한 성인보다 머리 하나는 큰 바람 부족의 대족장 라힘달 앞에서도 말이다.

'레이샤드 황자, 레이샤드 황자라…….'

코를란 자작은 자신도 모르게 슬쩍 입가를 비틀어 올렸다.

만약 자신이 섬기는 주인이 샤를 공자가 아니라 레이샤드였다면.

불현듯 그런 생각마저 떠올랐다.

만일 코를란 자작이 레이샤드를 직접 보지 않았다면, 아니, 레이샤드가 바람 부족의 문제를 해결하지 않았다면 레이샤드를 샤를보다 결코 우위에 두는 일은 없었을 것이다.

샤를은 아르만 공작가의 2공자였다.

바로 위에 로아스가 있지만 그가 절대적으로 차기 공작위에 가까운 것은 아니었다.

로아스와 샤를 모두 따르는 세력은 비슷했다.

세 번째 부인을 등에 업은 3공자 에몬이 조금 득세하는 것처럼 보이긴 하지만 실제 공작위계승권 싸움은 로아스와 샤를의 대결이라는 데 이견을 제시하는 자는 아무도 없었다.

코를란 자작도 로아스와 샤를 사이에서 오랜 시간 고민을 했다.

딱히 일궈놓은 세력은 없지만 코를란 자작은 아르만 공작이 인정할 만큼 행정 능력이 탁월했다.

아르만 공작의 심복인 아넬조차 코를란 자작이라면 로아스와 샤를이 아니라 말 많은 에몬이 차기 공작이 되더라도 아르만 공작가가 흔들리지 않도록 중심을 잡아줄 수 있다고 평가할 정도였다.

그래서 아르만 공작은 코를란 자작에게 정치적인 중립을 원했다.

누가 차기 공작이 되더라도 코를란 자작을 중용할 수밖에 없을 테니 괜히 후계자 논쟁에 끼어들지 말라는 충고였다.

그러나 코를란 자작은 조금 더 욕심을 부렸다.

그는 평범한 행정가로 아르만 공작가의 관료록(관료들의 행적을 기록한 책)에 이름을 올리고 싶지 않았다. 그보다는 아넬의 자리가 탐이 났다.

아넬처럼 정보를 분석하고 시류를 파악하는 능력은 부족했지만 자신이 주도적으로 나서서 세 공자 중 한 명을 차기 공작으로 만든다면?

그에 걸맞은 보상을 받을 수 있을 것 같았다.

그렇게 선택한 게 바로 샤를이었다.

자신과 사이가 좋지 않은 관료들이 많이 포진한 로아스 1공자 진영이나 제대로 된 지지기반조차 마련하지 못한 에몬 3공자 진영보다 세력을 갖췄지만 인재가 부족한 샤를 2공자 진영으로 들어가는 게 조금 더 자신의 가치를 높이는 일이라고 여겼다.

그런데 생각지도 않은 곳에서 문제가 터져 버렸다.

에몬과 결혼하기로 했던 바람 부족장의 딸이 겁탈을 당해 자결해 버린 것이다.

정황상 에몬의 짓인 것처럼 보였지만 코를란 자작은 이것이 다른 사람이 꾸민 일이라는 걸 눈치챘다.

에몬이 어리고 어수룩하다고 해도 머잖아 부인이 될 여자를 최음제를 먹여가며 겁탈할 이유가 전혀 없었다.

게다가 아넬이 자체적으로 조사한 결과 로아스와 샤를이

에몬에게 마시지도 못할 술을 권했다는 사실도 들어났다.

로아스와 샤를은 억울하다며 항변했지만 코를란 자작은 둘 중 한 명이, 혹은 두 명 모두가 이번 일에 연관되어 있을 것이라고 확신했다.

아넬에게 별도의 보고를 받은 아르만 공작은 이번 일을 덮으려고 했다.

그렇다는 건 결국 자식들이 연관되어 있다는 소리였다.

코를란 자작은 말도 안 되는 일이라며 항변했지만 아르만 공작은 일방적인 이해를 바랐다.

이 모든 게 가문을 위한 일이라는 핑계를 대며 말이다.

그때 아르만 공작가를 향했던 코를란 자작의 마음은 한차례 무너진 상태였다.

그런데 샤를의 속 좁은 모습까지 보고 있자니 남아 있던 미련마저 전부 사라져 버린 기분이었다.

'본인은 아니라곤 하지만 정황상 로아스 공자 혼자 일을 벌였을 리는 없어.'

코를란 자작의 눈빛이 싸늘하게 내려앉았다.

마음이 흔들리니 애써 묻어 두었던 의문들이 다시 치밀어 올랐다.

샤를은 코를란 자작에게 모든 건 로아스가 꾸민 일이라고 말했다.

자신은 에몬을 취하게 만들기만 했지 바람 부족 부족장의 딸을 만난 적이 없다고 말했다.

그러나 성격상 로아스는 저돌적이고 거칠어도 그런 추잡한 일을 계획할 만한 머리가 없었다.

반면 샤를은 음험한 편이었다.

로아스와 샤를, 둘 중 한 사람의 머리에서 나온 계획이라면 그건 샤를일 게 분명했다.

'이번 기회에 한 번 알아보는 게 좋겠어.'

독하게 마음을 먹은 코를란 자작이 천천히 몸을 돌렸다. 그리고 샤를의 처소 쪽으로 발걸음을 옮겼다.

'오호라.'

그 모습을 지켜보던 라인하르트가 슬쩍 입가를 비틀어 올렸다. 그렇지 않아도 일이 너무 수월하게 풀려 심심했었는데 뭔가 재미있는 일이 벌어질 것 같았다.

2

"그렇게 좋으십니까?"

생각지도 못한 선물에 정신이 팔려 있던 라힘달을 바라보며 루드니가 슬쩍 다가와 물었다. 그러자 라힘달이 기다렸다는 듯 입가를 비틀어 올렸다.

"암, 좋고말고. 텅 빈 창고가 다시 가득 들어차고 있는데 싫을 리가 있겠는가?"

바람 부족의 대족장들은 대대로 특별한 창고를 하나씩 보유하고 있었다.

그리고 그 창고 안에는 주로 인간 세상에서 귀물이라 불리는 고귀한 물건들만 들어올 수 있었다.

얼마 전까지만 해도 라힘달이 물려받은 창고에는 절반 가까이 인간들의 귀물이 채워져 있었다.

그러다 아르만 공작가에서 두 번이나 결혼 선물을 받으면서 창고는 빈자리조차 찾아볼 수 없을 만큼 귀물들이 빽빽이 들어차 버렸다.

아르만 공작가와 결혼을 탐탁지 않게 여기면서도 라힘달은 종종 창고에 들러 귀물들을 살폈다.

야수족의 입장에서 봤을 때 인간들이 사용하는 귀물들은 특별했다.

야수족이 사용하기 어려울 만큼 작고 약하지만 그만큼 섬세하고 정교했다.

탐욕스러운 인간들이 만든 물건이라는 게 믿겨지지 않을 정도였다.

게다가 인간들이 사용하는 귀물은 세상에서 오직 인간들만이 만들 수가 있었다.

장인의 일족이라 불리는 드워프라면 가능하겠지만 그들은 본래 인간들의 물건 따위는 쳐다보지도 않았다.

드워프 이외의 이종족들에게 인간들의 물건을 만드는 건 결코 간단한 일이 아니었다.

라힘달도 젊은 시절 일족에서 손재주가 뛰어나다는 장인들을 불러 인간들의 귀물을 만들어보게 했다.

그러나 누구 하나 성공하지 못했다.

형태가 비슷하면 섬세함이 떨어졌다. 섬세함을 파고들면 모양이 망가졌다.

오직 인간 장인들만이 만들어낼 수 있는 인간들이 사용하는 귀물.

특별한 물욕(物慾)이 없다는 이종족들에게도 인간들의 귀물은 희소가치가 높아질 수밖에 없었다.

특히나 인간들과 빈번하게 교류하는 야수족들은 인간들의 귀물을 높이 평가했다.

그런 인간들의 귀물이 창고를 가득 채웠을 때만 하더라도 라힘달은 세상을 다 가진 기분이었다.

저 산맥 너머 인간 세상에서 대륙의 주인을 자처하는 오만한 황제라도 부럽지 않을 정도였다.

하지만 그 뿌듯함은 오래가지 않았다.

아르만 공작가와 사이가 틀어지면서 창고에 쌓아놓았던

인간들의 귀물들이 전부 사라져 버린 것이다.

호전적인 야수족이지만 모든 이가 인간들과의 전쟁을 찬성한 것은 아니었다.

온건파 장로들은 준비 부족을 이유로 아르만 공작가와의 전쟁을 결사반대했다.

라힘달은 온건파 장로들을 설득하기 위해서는 오랫동안 모아놓았던 인간들의 귀물을 내놓았다.

루드니는 인간 상인들을 통해 귀물과 군수물자를 맞바꾸었다.

그것도 형편없는 조건으로 말이다.

인간들의 세상에서 1골드에 판매되는 귀물은 야수족 세계에서 10골드에 상당하는 가죽으로 교환되었다.

그것도 상인들이 가죽값을 제대로 쳐 주는 법이 없으니 실제로는 20배 이상의 가치 폭등이 발생했다.

하지만 막상 귀물을 되파는 경우에는 가격이 달라졌다.

값을 잘 받으면 30퍼센트 정도.

이번처럼 급하게 되팔거나 식량, 거래가 금지된 무기 등으로 교환할 경우 5퍼센트도 받지 못했다.

창고에 쌓였던 귀물의 절반은 아르만 공작가에서 보내 온 선물이지만 나머지 절반은 대를 이어 축적한 부족장 가문의 재산이었다.

그것을 터무니없는 가격으로 처분해야 했을 때 라힘달은 몸의 살점이 뚝 하고 떨어져 나가는 기분이었다.

선대 부족장들이 수백 년에 걸쳐 이뤄 놓은 재산을 한 번에 탕진해 버렸으니 죽어서 선조들을 볼 면목이 없었다.

그런데 레이샤드 덕분에 텅 비었던 창고가 다시 채워졌다.

앞으로 수백 년은 지나야 채워질 것 같았던 창고가 말이다.

레이샤드의 환심을 사기 위해 샤를이 가져온 선물의 양은 상당했다.

마차 네 대에 가득 실려 왔던 선물은 한동안 텅 비었던 라힘달의 창고를 삼분의 일이나 채워 버렸다.

게다가 샤를의 선물은 아르만 공작가에서 보내왔던 선물과 질적으로 달랐다.

인간들만큼의 심미안은 없지만 라힘달도 어느 것이 더 좋은 것인지 정도는 구별할 수 있었다.

섬세한 모양과 장식들만 보더라도 지난 번 아르만 공작가에서 받았던 선물과는 비교조차 할 수 없을 만큼 값져 보였다.

한 가지 아쉬운 점이 있다면 양이다.

샤를의 선물은 상당했지만 선조들로부터 물려받은 양에 비해 부족해 보였다.

그런 라힘달의 속내를 읽기라도 한 것일까.

"이제 곧 나머지 창고도 채워질 겁니다."

루드니가 넌지시 운을 뗐다.

"창고가 채워지다니? 그게 무슨 소리인가?"

라힘달이 반사적으로 고개를 돌렸다. 그러자 루드니가 가볍게 웃으며 대답했다.

"이번 일이 잘 풀렸으니 아르만 공작가에서도 분명 사과의 선물을 보내올 겁니다."

아르만 공작가와 바람 부족 사이에는 아직 해결해야 할 문제가 남아 있었다.

레이샤드 덕분에 오해가 풀리고 전쟁이 중단되긴 했지만 그것만으로 아르만 공작가와 바람 부족 간의 모든 앙금을 씻어버릴 수는 없는 일이었다.

대게 인간과 이종족 간의 협상에는 사절단이 오가는 게 일반적이었다.

그리고 사절단은 늘 선물을 가져왔다. 선물을 통해 일단 호의를 쌓고 대화를 시작하는 것이다.

"선물이 오면 좋겠지만 창고를 전부 채우는 건 어려울 거야."

라힘달이 아쉽다는 듯 중얼거렸다.

아르만 공작가에서 선물을 보내온다고 해도 지난번 결혼 선물보다 많지는 않을 것 같았다.

게다가 라미레스 후작가의 간계로 인해 한 번이면 족할 결혼식이 두 번이나 치러졌다.

그 덕에 선물이 두 배가 되었고 창고가 가득 채워진 것이다.

아르마 공작이 큰 맘 먹고 막대한 양의 선물을 보내준다면 또 모르겠지만 레이샤드에게 보낸 선물보다 많은 선물을 보내올 것 같지는 않았다.

그 정도는 인간 세상에 대해 잘 알지 못하는 라힘달도 충분히 짐작하고 있었다.

그러나 루드니도 라힘달의 기분을 맞추기 위해 한 말이 아니었다.

"물론 이대로 레이샤드 황자 일행을 보낸다면 창고를 가득 채우긴 어려울 겁니다."

"이대로…… 라니? 그게 무슨 말인가?"

라힘달이 루드니를 바라보며 큰 눈을 끔뻑거렸다.

그러자 루드니가 슬쩍 주변을 살피더니 목소리를 낮춰 대답했다.

"제 예상이 틀리지 않다면 아르만 공작가에서 레이샤드 황자를 사위로 삼을 생각인 것 같습니다."

루드니의 입에서 흘러나온 말은 아직 아르만 공작가에서도 공식적으로 언급되지 않은 이야기였다.

그리고 레이샤드 일행이 아르만 공작성에 도착하기 전까지는 결코 흘러나와서는 안 되는 이야기였다.

그러나 그토록 엄청난 사실을 전해들은 라힘달은 놀람보

다는 이해할 수 없다는 표정을 지어 보였다.

"사위라니? 아르만 공작이 말인가?"

그가 알기로 레이샤드는 전 황태자의 아들이다.

황실에서 버림받아 지금은 북방의 아베론이라는, 이름뿐인 영지로 쫓겨났다고 알고 있었다.

그런데 이름뿐인 황자에게 아르만 공작이 딸을 시집보내려 한다니.

도무지 이해가 가지 않았다.

만일 루드니가 다른 사람을 통해 이 이야기를 들었다면 말도 안 되는 소리라며 코웃음을 쳤을 것이다.

바람 부족원들 중에서 대륙 사정에 가장 정통한 그의 판단으로도 아르만 공작이 레이샤드를 사위로 삼을 이유는 전혀 없었다.

하지만 최근에 마법을 핑계로 라인하르트와 빈번하게 교류한 탓일까.

루드니는 뭔가 엄청난 비밀이라도 알고 있는 것처럼 눈을 반짝거리며 말을 이었다.

"라인하르트 님에게 얼핏 듣기로 제국 황실에서는 레이샤드 황자를 차기 황제로 점찍은 모양입니다."

"화, 황제?"

"쉿! 조용히 하십시오. 누가 듣겠습니다."

부족장답지 않게 호들갑을 떠는 라힘달을 진정시킨 뒤 루드니는 라인하르트에게 흘려들었던 이야기를 주절거렸다.

자연스럽게 미심쩍음으로 가득하던 라힘달의 표정도 놀람을 넘어 충격으로 변했다.

"그, 그러니까 레이샤드 황자가 제국의 주인이 된다 이 말이야?"

"그건 조금 더 두고 봐야겠지만 황실의 지지를 받고 있으니 가능성은 충분해 보입니다."

"그렇다면…… 우린 뭘 해야 하지?"

라힘달이 치떠진 눈으로 루드니를 바라봤다.

머릿속이 복잡한 상황 속에서도 레이샤드를 이대로 보내서는 안 된다는 것을 본능적으로 인지한 것이다.

"일단 레이샤드 황자를 위해 축제를 열 필요가 있습니다."

"축제?"

"지난겨울의 축제. 전쟁 준비 때문에 넘기지 않았습니까?"

"그러니까 겨울 축제를 이번 기회에 열자 이 말인가?"

"그렇습니다. 그리고 가능하다면 레이샤드 황자를……."

다시금 주변을 살피던 루드니가 라힘달에게 귓속말을 속삭였다.

그러자 라힘달이 좋은 생각이라며 힘껏 고개를 끄덕였다.

"좋아. 좋아! 레이샤드 황자가 우리의 친구가 된다면 정말로 제국의 황제가 되더라도 우리 부족을 외면하지 않겠지?"

"그뿐이 아닙니다. 비록 아르만 공작가와의 전쟁은 막았지만 아직 라미레스 후작가라는 적이 남아 있습니다. 그리고 오크들의 침략에도 대비해야 합니다. 그것은 아르만 공작가도 마찬가지겠지요. 분명 선물과는 별도로 협상을 하려고 할 것입니다."

"그전에 우리가 레이샤드 황자를 먼저 친구로 만든다면?"

"훨씬 좋은 조건으로 아르만 공작가와 협상할 수 있을 겁니다."

"두둑한 선물까지 받으면서 말이지?"

"바로 그렇습니다."

"크흐흐흐."

라힘달의 입에서 절로 웃음이 흘러나왔다.

그렇지 않아도 레이샤드에게 무언가 보답을 할 생각이었는데 루드니가 기막힌 묘안을 내놓았다.

야수족들은 본래 겨울의 끝 무렵에 부족 축제를 갖는다.

그리고 그 부족 축제에서 앞으로 부족을 이끌고 나갈 전사들과 대전사를 선발한다.

그래서 겨울 축제는 풍요로움을 바라는 가을 축제보다 야수족들에게 중요한 축제로 인식되고 있었다.

그토록 중요한 축제가 전쟁 때문에 취소되면서 부족민들의 민심도 나빠진 상태였다.

그런데 겨울 축제를 열면서 레이샤드를 친구로 만들 수 있게 됐으니 이보다 더 좋은 계획은 없었다.

"좋아. 지금 당장 축제를 준비하게."

"알겠습니다. 대족장님."

"그리고 축제와는 별도로 레이샤드 황자에게 선물을 하고 싶은데 무엇이 좋겠나?"

라힘달이 루드니에게 다시 조언을 구했다.

축제야 부족민 모두가 즐기는 것이니 그것으로 레이샤드에 대한 선물을 대신할 수는 없는 일이었다.

그러자 루드니가 이번에도 기다렸다는 듯이 대답했다.

"그렇다면 가죽을 선물하시는 게 좋을 것 같습니다."

"가죽?"

"다른 인간들이라면 대수롭지 않게 여기겠지만 레이샤드 황자라면 아마 좋아할 겁니다."

"아, 그러고 보니 레이샤드 황자의 영지라는 곳. 북쪽에 있다고 했지?"

"아베론 영지라고 대륙의 북쪽 끝에 있는 곳이라고 합니다. 모르긴 몰라도 그 곳에서는 가죽이 비싸게 팔릴 겁니다."

야수족 사회에서 가죽은 흔한 것이었다.

인간들의 화폐처럼 매매의 도구로 활용될 정도였다.

그러나 일반 가죽에 비해 잘 손질되어 정통적인 방법으로

건조시킨 고급 가죽들은 야수족 내에서도 귀한 것이었다.

그래서 고급 가죽은 대륙에서도 고가로 거래가 되고 있었다.

루드니가 말한 것처럼 아베론 영지는 대륙에서 가장 추운 곳이었다.

아베론 영지에서 유통되는 가죽의 가격은 대륙의 평균 시세보다 30퍼센트 이상 비쌌다.

구하기 힘든 고급 가죽의 경우 두 배를 넘나들곤 했다.

그런 희소성까지 감안했을 때 가죽은 바람 부족이 내놓을 수 있는 최고의 선물이었다.

"좋아. 그렇게 하게."

라힘달은 만족스러운 얼굴로 고개를 끄덕였다. 그리고는 전사들을 불러 가죽 창고 세 곳에 쌓아놓았던 고급 가죽들을 전부 꺼내라고 지시했다.

"내 살다 살다 이토록 많은 가죽을 보게 되다니."

"어이구. 이게 다 얼마야?"

라힘달의 지시로 가죽을 옮기던 야수족 전사들은 하나같이 혀를 내둘렀다.

두 번의 결혼식을 치르는 동안 아르만 공작가에서 상당한 선물을 받았지만 라힘달은 답례로 소량의 가죽만 선물로 내놓았다.

인간들에게는 대수롭지 않은 물건이라 해도 바람 부족에

서 가장 귀한 물건을 무작정 내놓는 게 자존심이 상해서였다.

하지만 레이샤드에게만큼은 라힘달도 자존심을 세우지 않았다.

레이샤드가 신분까지 숨기며 바람 부족의 일을 도운 만큼 그도 진정한 친구로 레이샤드를 인정한 것이다.

"대족장께서 레이샤드 님을 각별하게 생각하고 계십니다."

쌓여가는 가죽 더미를 가리키며 루드니가 넌지시 말했다.

바람 부족이 그 동안 인간들과 적지 않게 교류를 해오긴 했지만 이토록 많은 양의 선물을 즐거운 마음으로 꺼낸 적은 처음이었다.

하지만 정작 레이샤드의 표정은 밝지만은 않았다.

"이 많은 걸 어떻게 옮기죠?"

어느새 집 안 한편을 가득 채운 가죽들을 바라보며 레이샤드는 당혹스러움을 감추지 못했다.

라힘달의 마음이 담긴 선물이 고맙긴 했지만 타고 온 마차에 싣기엔 지나치게 많은 양이었다.

그러자 라인하르트가 걱정할 것 없다는 얼굴로 말했다.

"그 문제라면 제가 알아서 하겠습니다."

라인하르트는 즉석에서 아공간을 열었다.

그리고 마법을 사용해 가죽들을 전부 아공간 안에 집어넣었다.

라인하르트의 손짓 한번에 엄청났던 가죽들이 순식간에 사라져 버렸다.

그 모습에 레이샤드는 물론이고 가죽을 옮기던 야수족들마저 입을 쩍 하고 벌렸다.

"역시 마법은 대단하네요."

마법의 편리함에 또 다시 놀란 레이샤드가 혀를 내둘렀다.

그러자 엘리자베스가 레이샤드의 팔짱을 잡아 끼며 말했다.

"레이, 레이도 이번 기회에 마법을 배우는 게 어때요?"

"마법이요?"

"네, 그렇게 감탄만 하지 말고 마법을 배워보는 것도 좋을 것 같아요."

대부분의 마계 군주는 검술과 마법을 기본적으로 갖추고 있었다.

마계란 어느 한 가지 장기만으로는 살아남기가 어려운 곳이었다.

마신의 반열에 들어설 만큼 강력하지 않다면 스스로를 지키기 위해 무엇이든 배워두어야 했다.

극소수만이 알고 있는 사실이지만 엘리자베스 또한 마계에서도 손꼽히는 검술을 익히고 있었다.

그녀가 펼치는 검술은 아스타로트조차 극찬을 늘어놓을 만큼 아름답고 날카로웠다.

그래서 엘리자베스는 레이샤드가 자신이나 다른 마계 군주들처럼 검술과 마법을 고루 익히기를 바랐다.

마계 군주들까지는 아니더라도 강인한 군왕이 되기 위해서라도 검술 한 가지에만 의존하는 건 결코 좋지 않았다.

그러나 레이샤드는 어색하게 웃기만 했다.

"글쎄요."

"왜요? 마법이 싫어요?"

"그런 건 아니지만……."

레이샤드가 말끝을 흐렸다.

그 역시도 마법에 대해 관심이 아예 없는 것은 아니었다.

솔직히 검술에 비해 마법의 쓰임새가 높은 것도 사실이었다.

하지만 아직 검술조차 완전하지 않은 상황에서 마법에 욕심을 낸다는 건 과욕처럼 느껴졌다.

"나중에 검술의 경지가 높아지면 그때 생각해 볼게요."

레이샤드가 적당한 말로 둘러댔다.

엘리자베스의 기대를 저버리는 것 같아 미안하긴 했지만 검술 스승인 아스타로트가 함께 있는 상황에서 쉽게 내릴 수 있는 답은 아니었다.

그러자 아스타로트가 슬쩍 입가를 비틀었다.

일단은 검술에 매진하겠다는 레이샤드의 자세가 마음에 든 모양이었다.

"그럼 그렇게 해요."

엘리자베스도 웃으며 고개를 끄덕였다.

다른 이유가 아니라 검술을 향한 진지한 마음 때문이라면 얼마든지 기다려 줄 수 있었다.

그러나 그 속사정을 전혀 모르는 유르스는 레이샤드와 엘리자베스의 대화가 그저 가소롭기만 했다.

'검조차 휘두르지 못할 것 같은데 마법이라니? 저 여자는 대체 무슨 소리를 하고 있는 거야?

레이샤드는 누가 보더라도 제대로 검 한번 휘둘러 보지 않은 귀공자처럼 생겼다.

검을 휘둘러보기는커녕 날이 선 검을 잡아본 적도 없을 것 같았다.

유르스는 레이샤드가 아스타로트라는 대단한 호위기사를 곁에 두는 것도 그런 이유 때문이라고 판단했다. 그런데 마법이라니.

검술만큼은 아니겠지만 마법 역시 아무나 익힐 수 있는 것이라던가.

'저 여자, 아무래도 안 되겠어.'

유르스가 슬쩍 미간을 찌푸렸다.

그가 보기에 엘리자베스는 반반한 얼굴을 무기로 레이샤드를 홀려 좋지 않은 길로 이끄는 악녀나 다름없었다.

지금 레이샤드에게 필요한 건 반반한 얼굴을 믿고 세치 헛바닥을 놀려대는 엘리자베스 같은 여자가 아니었다.

빼어난 외모는 아니더라도 지위나 세력, 혹은 재력으로 레이샤드를 뒷받침해 줄 수 있는 여자였다.

만일 자신이 레이샤드의 신임을 받는 기사단장이었다면, 유르스는 당장에라도 엘리자베스를 쫓아냈을 것이다.

그러나 그는 레이샤드에게 팔려 온 몸이었다.

레이샤드의 신임을 얻어내기 전까지는 불필요한 행동을 자제할 필요가 있었다.

'고작 여자 따위에게 휘둘린다면 그것도 황자의 운명이겠지.'

잠시 들끓었던 마음을 추스르며 유르스가 슬쩍 고개를 돌렸다.

당분간은 현실을 외면하는 편이 정신 건강에 이로울 것 같았다.

그때였다.

"루드니 님."

저만치서 야수족 전사 하나가 허겁지겁 달려오더니 루드니의 귀에다 대고 귓속말을 전했다.

"레이샤드 님, 폭풍의 용병단에서 사람이 찾아왔다고 합니다."

살짝 미간을 찌푸리던 루드니가 레이샤드를 바라보며 말했다.

샤를이 끌고 온 아르만 공작가의 사절단만으로도 신경이 쓰이는데 폭풍의 용병단까지 오다니. 번거로움이 더해진 기분이었다.

게다가 레이샤드는 더 이상 폭풍의 용병단 소속이 아니었다.

처음에는 폭풍의 용병단을 대신해 바람 부족을 방문했지만 레이샤드가 레오니스 제국의 황족이라는 사실이 알려진 이상 그를 폭풍의 용병단과 함께 묶어서 생각할 수는 없는 일이었다.

"원치 않으신다면……."

레이샤드의 표정을 살피며 루드니가 먼저 운을 뗐다.

만약 레이샤드가 탐탁지 않게 여긴다면 어떤 핑계를 대서라도 폭풍의 용병단을 돌려보낼 생각이었다.

루드니는 어쩌면 레이샤드가 폭풍의 용병단의 이름을 팔아 부족에 들어왔을지도 모른다고 생각했다.

아르만 공작가의 부탁으로 이번 일에 나섰지만 그렇다고 아르만 공작가의 이름을 댔다간 라힘달을 만나기는커녕 바람 부족 안으로 들어오지 못할 테니 라크마의 죽음을 조사하고 있던 폭풍의 용병단을 들먹였을 가능성도 배제할 수 없었다.

만일 그렇다면 레이샤드와 폭풍의 용병단을 만나게 해서

는 안 된다.

추후에 이 사실을 알고 폭풍의 용병단이 불만을 품더라도 바람 부족의 이름을 걸고서라도 오해를 풀어줄 생각이었다.

그러나 정작 레이샤드는 폭풍의 용병단이 오기를 기다리기라도 했다는 반응이었다.

"폭풍의 용병단에서 사람이 왔다고요? 잘 됐네요."

레이샤드가 기쁜 얼굴로 말했다.

그렇지 않아도 아르만 공작성에 들어가기 전에 폭풍의 용병단에 들러야 했다.

그런데 폭풍의 용병단이 먼저 찾아왔으니 반가움마저 들었다.

하지만 레이샤드를 만나야 하는 폭풍의 용병단은 편치가 않았다.

뒤늦게 레이샤드의 정체를 알게 된 탓이었다.

"화, 황자님을 뵙습니다."

일행의 가장 앞쪽에 서 있던 총관 안티몬이 레이샤드를 보기가 무섭게 냉큼 고개를 숙였다.

그를 따라 라시아이언과 사이먼도 허리를 구부렸다.

오직 이종족인 헤이나만이 가볍게 고개를 끄덕이는 것으로 인사를 대신했다.

"오랜만이에요."

레이샤드는 웃는 얼굴로 폭풍의 용병단의 인사를 받아주
었다.

그러나 고개를 든 안티몬의 눈에서 경계심이 읽히자 표정
이 굳어졌다.

자신을 경계한다는 것은 신뢰가 아니라 불신이 끼어들었
다는 이야기다.

그 불신의 원인이 무엇인지는 모르겠지만 호의적인 반응
을 기대했던 레이샤드는 당혹스러웠다.

바람 부족의 일을 잘 해결했으니 폭풍의 용병단의 마음을 얻
을 수 있을 것이라 생각했는데 오히려 더 멀어진 기분이었다.

"레이, 일단 안으로 들어가는 게 좋겠어요."

그런 레이샤드의 속내를 읽은 엘리자베스가 가볍게 웃으
며 말했다.

레이샤드 입장에서야 서운한 게 당연하지만 폭풍의 용병
단의 입장도 이해를 해줘야 했다.

갑자기 나타나 도움을 자처했던 레이샤드가 다른 사람도
아닌 제국의 황족이라는 사실만으로도 폭풍의 용병단은 머릿
속이 복잡해질 수밖에 없었다.

레이샤드의 정체를 몰랐다면 모르겠지만 알게 된 이상 황
족으로서 예를 다하는 것은 당연한 일이었다.

제국의 황족, 특히나 레이샤드처럼 차기 황위 계승자로 이

름이 오르내리는 경우에는 주변 왕국의 국왕 못지않은 예우를 받을 수밖에 없었다.

만일 이곳이 바람 부족이 아니라 폭풍의 용병단의 주둔지이거나 아르만 공작가였다면 아마 안티몬은 더욱 호들갑스럽게 예를 갖췄을 것이다.

그만큼 황자 레이샤드의 존재는 A급 용병단인 폭풍의 용병단에게도 부담스러운 것이었다.

그러나 평생을 아베론 영지에서만 살아온 레이샤드는 이 모든 상황이 그저 낯설기만 했다.

"그래요. 그렇게 해요."

레이샤드가 살짝 풀이 죽은 얼굴로 고개를 끄덕였다.

그러자 아르메스가 나서서 폭풍의 용병단을 오두막 쪽으로 안내했다.

그사이 엘리자베스는 레이샤드의 팔을 잡아끌고 상심한 그의 마음을 달래주었다.

"폭풍의 용병단은 레이가 제국 황실을 대신해 움직였을지도 모른다고 생각할 거예요."

"제국 황실이요?"

"레이는 제국의 황족이고 아베론 영지는 힘이 없는 곳이니까요. 자세한 사정을 모른다면 당연히 황실에서 레이를 돕고 있다고 생각할 거예요."

"아……."

레이샤드는 그제야 안티몬의 시선에서 느꼈던 경계심이 이해가 갔다.

안티몬은 폭풍의 용병단의 운영을 총괄하는 총관이다.

만에 하나 레이샤드가 제국 황실과 연결되어 있다면 아르만 공작가와의 일보다 더 큰일이 벌어지고 있다고 판단하고 우려하는 게 당연했다.

"그럼 내가 어떻게 해야 할까요?"

레이샤드가 엘리자베스를 바라보며 지혜를 구했다.

"우선은……."

엘리자베스가 가볍게 웃으며 폭풍의 용병단을 상대하는 방법을 일러주었다.

자연스럽게 흔들렸던 레이샤드의 눈동자에도 자신감이 차올랐다.

『영주 레이샤드』 6권에 계속…

要람 新무협 판타지 소설

FANTASTIC ORIENTAL HEROES

귀환병사

국내 최대 장르문학 사이트를 휩쓴 화제작!
여름의 더위를 깨뜨려며 차가운 북방에서 그가 온다.

『귀환병사』

열다섯 나이에 북방으로 끌려갔던 사내, 진무린
십오 년의 징집을 마치고 돌아오다.

하지만 그를 기다린 것은 고아가 된 두 여동생, 어머니의 편지였다.
그리고 주어진 기연, 삼륜공......

"잃어버린 행복을 내 손으로 되찾겠다!"

**진무린의 손에 들린 창이 다시금 활개친다.
그의 삶은 뜨거운 투쟁이다!**

Book Publishing CHUNGEORAM

유행이 아닌 자유추구 -
WWW.chungeoram.com

HERO 2300

FUSION FANTASTIC STORY

영웅2300

말리브 장편 소설

「도시의 주인」 말리브 작가의
특급 영웅이 온다!
『영웅2300』

돈 없는 찌질한 인생 이오열,
잠재 능력 테스트에서 높은 레벨을 받았지만

"젠장, 망했어! 되는 일이 하나도 없어!"

하필이면 최악의 망캐 연금술사가 될 줄이야!

그러나 포기란 없다.

**최악에서 최고가 되기 위한
오열의 이야기가 시작된다!**

Book Publishing CHUNGEORAM

유행이 아닌 자유추구 -
WWW.chungeoram.com

FANATICISM HUNTER

광신사냥꾼

류승현 판타지 장편 소설

FANTASY FRONTIER SPIRIT

「블레이드 마스터」의 류승현 작가가 펼쳐내는
판타지의 새로운 신화!

마도대전을 승리로 이끈 유리언 대륙의 영웅,
최강의 아크 메이지 제온!

그러나 '세상의 섭리'에 아내와 아이를 빼앗기는데……

『광신사냥꾼』

만약 그것이 정말로 세상의 섭리라면,
그마저도 무너뜨리고 말리라!

복수를 위한 제온의 위대한 여정이 시작된다!

Book Publishing CHUNGEORAM

유행이 아닌 자유추구 -
WWW.chungeoram.com

원생 新무협 판타지 소설

FANTASTIC ORIENTAL HEROES

천예무황

天藝皇

진짜배기 무협의 향기가 온다!

『천예무황』

산중에서 평화로이 살던 의원 설운.
평범하게만 보이는 그에게는 씻을 수 없는
과거가 있었으니……

칠 년의 세월을 지나
피할 수 없는 과거의 업(業)이 다시 찾아온다.

'잊지 마오.
세상 모든 사람이 다 그대를 잊은 그때에도
나는 그대를 기억하고 있음을.'

정(正)과 마(魔)의 갈림길.
무림을 덮은 혈풍 속에서 선(善)의 길을 걷다!

Book Publishing CHUNGEORAM

유행이 아닌 자유추구 -
WWW.chungeoram.com

말년병장, 이등병되다!

에바트리체 장편 소설

FUSION FANTASTIC STORY

대한민국 남자라면 알고 있을 바로 그 이야기!

『말년병장, 이등병 되다!』

전역을 코앞에 둔 말년병장, 이도훈.
꼬장의 신이라 불리던 그가 갑자기 훈련병이 되었다?!

"…이런 X같은 곳이 다 있나!"

전우애 넘치는 군인들의
좌충우돌 리얼 군대 이야기!

Book Publishing CHUNGEORAM

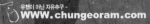
유행이 아닌 자유추구 -
WWW.chungeoram.com